ムーンライト・メッセージ

—幻月からの愛のおくりもの—

小沢時子＝著

【今日の話題社】

宇宙の意識

大いなる宇宙は月を抱き
月は人を抱き見守る

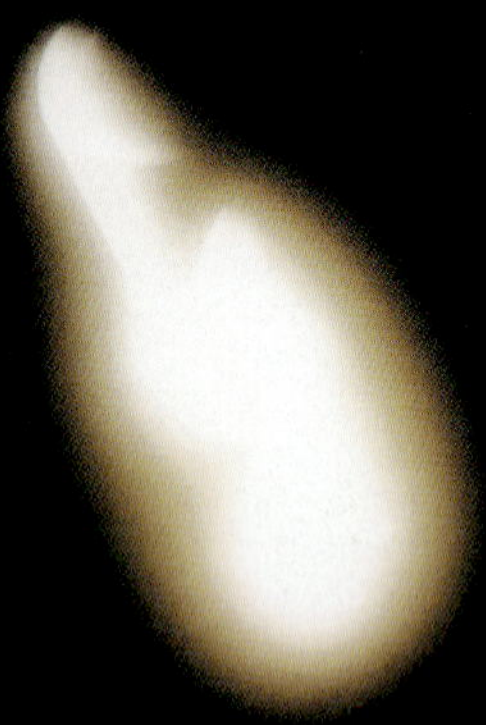

月と胎児

宇宙に眠れる胎児
生まれ出るのを待つ意識

ハート

天から下界に向けて
愛を投げかけている

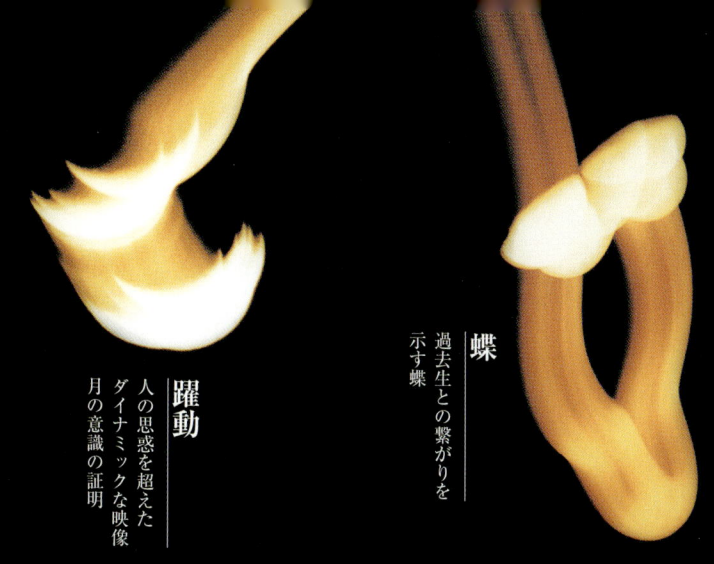

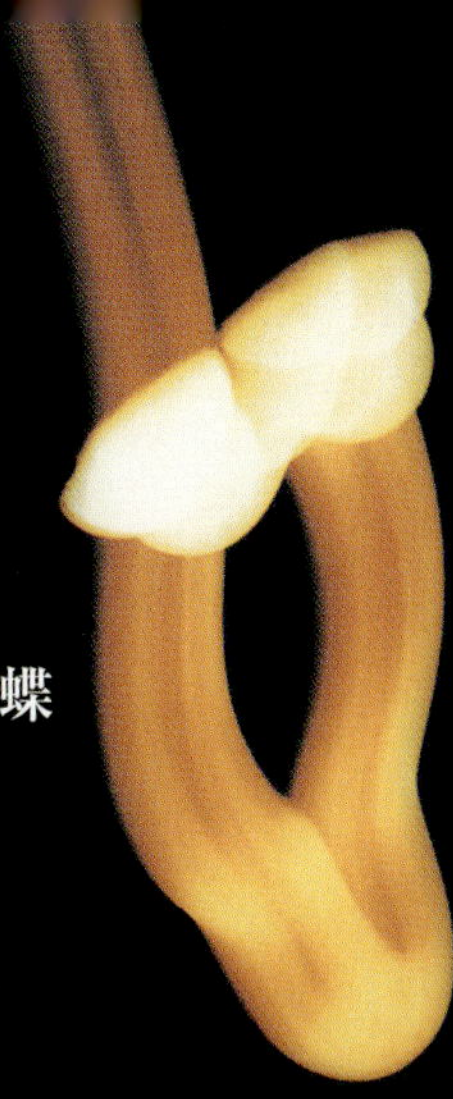

蝶

過去生との繋がりを
示す蝶

躍動

人の思惑を超えた
ダイナミックな映像
月の意識の証明

人を示す指

嘆いた時・月に訴えた時
指が表われて人を示した

龍

月に龍の形・動きを
頼んだ時に表われた形

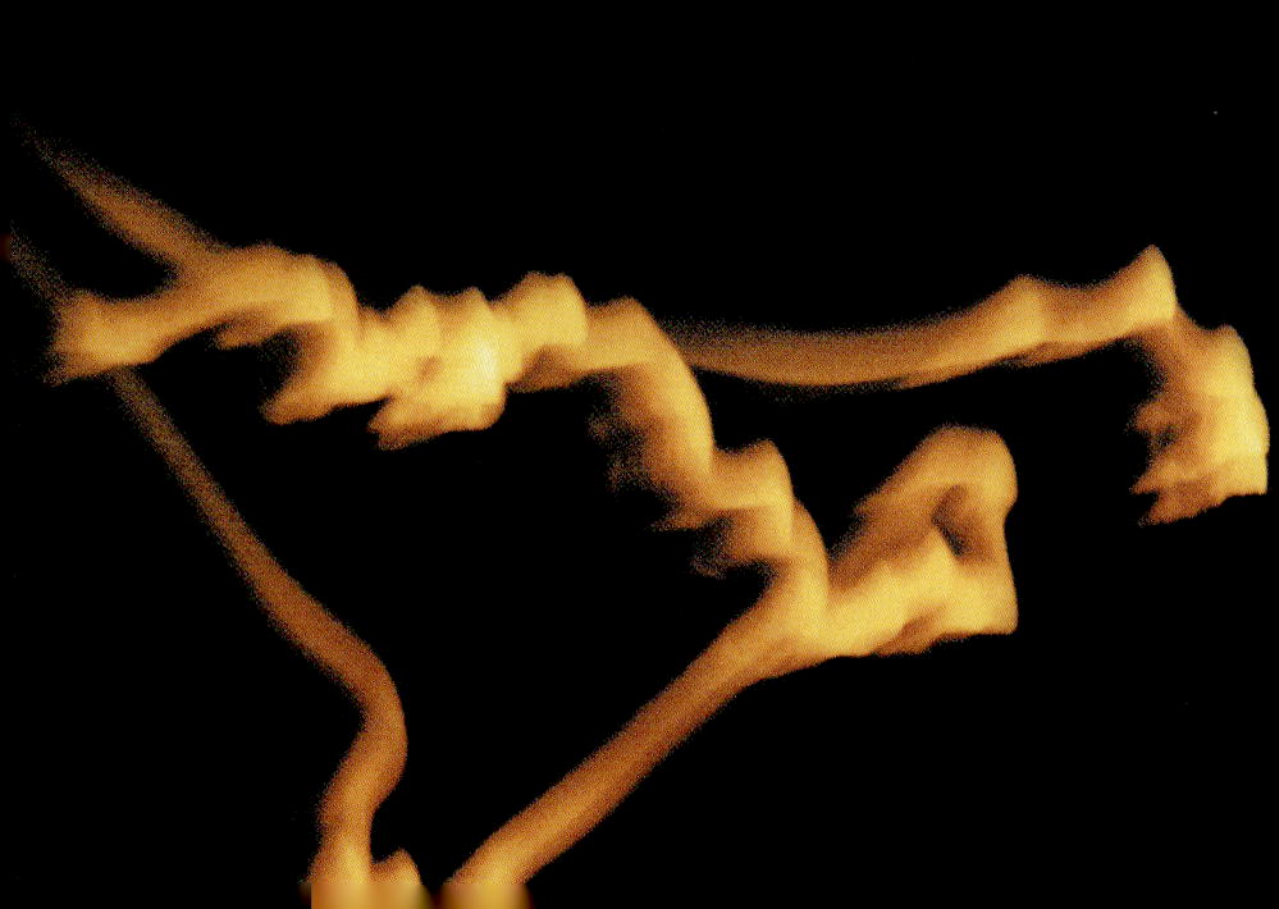

月の意志

一方的な時の
月の意志の表われ

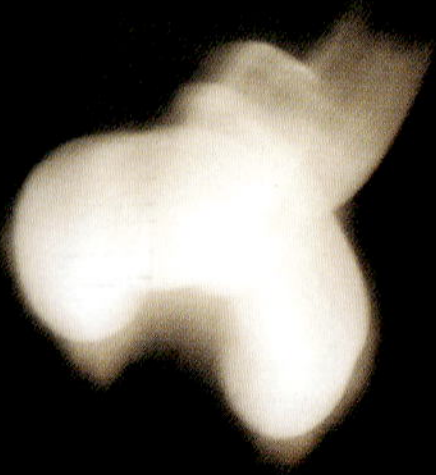

手（ハンド）

救い取ってくれる
というメッセージ

癒しの月

色による癒しを行う時
月の光は静かになる

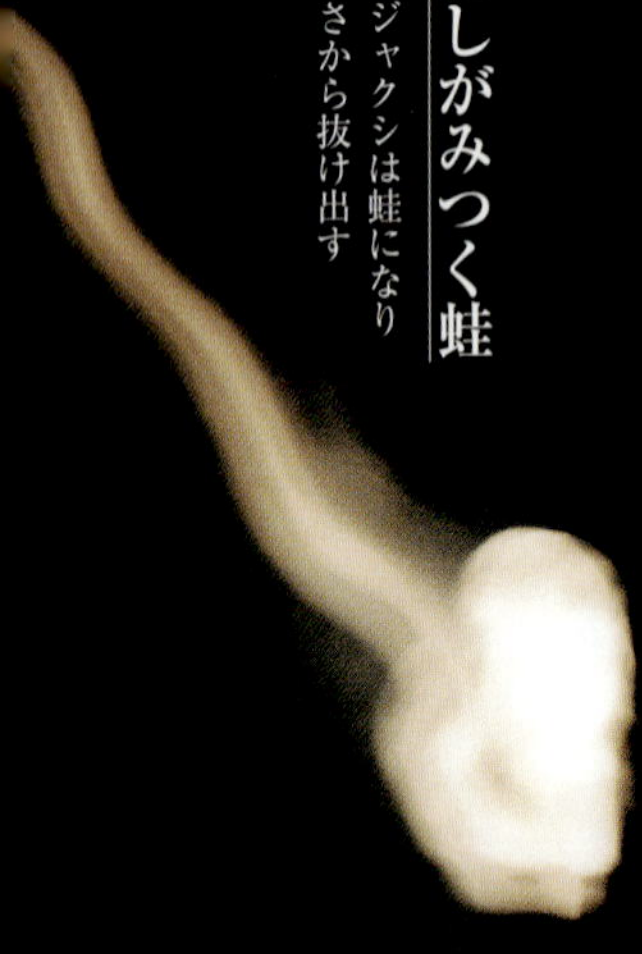

月にしがみつく蛙

オタマジャクシは蛙になり
人は辛さから抜け出す

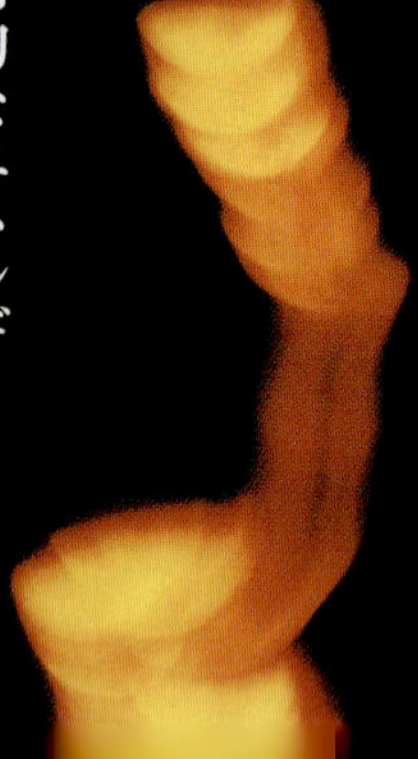

月の内的なエネルギー

月から一方的に送られてくる
赤・黄・白

プロローグ

太古の時より、地球上の生あるものは月の影響を受け、神秘な力を感じて生活していたのでしょう。

いつの頃からか明かりが灯り、それとともに人は下を向いて暮らしはじめています。月の光は輝きを増しているのに、人々は空を見上げることも忘れかけています。

私もその中の一人になろうとしておりました。その私に気がついてほしいと、一九九六年の二月の満月の日に、月から地上に降りている光の柱を見せられました。幻想的な光景に、息子の車で自宅に戻る途中でしたが、二人で確かに見ているのだと確認をしあったほどです。

その後、月から送られてくる不思議な、私の今までの生活にはない出来事を体験するようになりました。

あまりにもお月さまが私の生活の中に関わりはじめてきましたので、なんだかだんだんと親しみを覚えてしまい、もっと「お月さま」ではなく呼んでみたくなり、人に聞くように「何て呼べばよいのかしら」と聞いてみました。

すると、同時に二つの答えがありましたが、一つは難しく、「えっ？」と聞き直したところ、「王様と呼んでよい」と答えが返ってきました。なんだか子供のように、王様なのだと、意味もわからず納得してしまい、それからはお月さまのことを王様と呼びながら楽しんでおります。

これが、お月さまからの一方的な呼びかけだけではなく、私の心とお月さまの意識が通じ合い、月と私の意識交流が始まった最初だと思います。

その一年半後の八月十八日の満月の日、月の周りにオレンジの輪ができていて、月の輪郭が光っているのを見ているうちに、父親のような温かいものが伝わってくるような感じがして、その思いを月に向けた時に一段と輝きが増したように思いました。

後に、私が一九九五年に病の中でお世話になったヒーラーの加藤雄詞さんの沖縄・宮古島ツアーに参加させていただいた時に、私の意識（魂）が月に帰依するセレモニーを行っていただいたのですが、お月さまと私の魂に親子の繋がりがあることを感じ、天界に静かに輝く月の存在を見たとき、私の心（魂）が思い出しを始め、懐かしさ、切なさ、はっきり父親の感覚と情を受け取ることができました。

もちろん戸惑いもありましたが、すべて肯定から始まることを体験を通して知らされておりましたので、嬉しくなり、私にとってかけがえのない出来事となりました。人は人だけの転生ではなく、いろいろな過去を持つもの、そして魂の古里を持つものと知らされました。

メッセージを受け取る前、意識のあることを証明するかのように、不思議な写真が撮れ始めていました。

この写真を撮る切っ掛けとなったのは、お友達の知り合いのヒーラーの山本芳久さんとお話をさせていただいている時に、「今、小沢さんに月の女神エネルギーが注いでいますね」と言ってくださったことからです。

私の中では、月には男性または父親のエネルギーを感じていたものですから、不思議に思い尋ねると、この方は、月には両性エネルギーがあると伝えてくださったのです。

私にはまだ女性エネルギーを感じることができなかったので、月に向かい、教えてほしいと訴え、何故かカメラを構えて月を写しておりました。

その時、写し出されたのが、石鹸会社のマークのような月の横顔でした。答えてもらえたのだと嬉しくなり、それから写真を撮り続けております。月の光の帯を見てから一年三ヶ月後のことです。カメラの機種でも技術によるものではない、写真の変化が写っています。

その後、物理的・理論的なこと、すべて上（月）に任せて　というメッセージがあり、西の空に輝く三日月を見ていると、ポンと月が上に飛び出しましたので、今なのかと思い、フィルム二本分、撮り続けました。その時の大きな変化の写真がパネルになり、写真展で皆様に見ていただくことになりました。

写真展の会場を探す時に、沢山の不特定多数の方に見ていただくために画廊喫茶のような所でできたらいいねという息子の言葉通りに、横浜の関内にある画廊喫茶から、どうぞというお言葉をいただき、第一回写真展を行なうことが出来たのです。

それからは、各地で行なう写真展でも、私の考えの及ばない不思議な出来事や人との出会いが起き、すべてに月の意識が働いているのを知らされるという沢山の体験をしております。

目から心へとのメッセージがあり、その時に写真集『幻月』が誕生いたしました。今また月の意識交流のメッセージを皆様に見ていただけるようになり、とても喜んでおります。

私の人生にこんな事が起きるのを誰が知っていたのでしょう。私は生まれながら生死を彷徨う事五回、その後数々の病が襲い、何故こんなに辛い思いをしなければならないのかと、その辛さに何度となく悲鳴を上げた事もあります。

そんな時に何度も誰かが見守ってくれていて助けてくれるのではないのかと、ふと心の奥で感じるものがありました。もちろん、肉親はそうでしたが、見えない何かが、誰かがいてくれるような気がするのです。

今思えば、それがお月さまだったのでしょうか。幼い時の月の光で影絵踏みをしている映像を見せられた時から、私の中での思い出しが深く多くなってきました。

この数年間、お月さまから伝わる意識のおかげで沢山の事を教えてもらっています。人だけに意識があるのではない事、宇宙の中すべての繋がりがあり、地球星に人として生きている事、すべて大事な事だと知らされました。

太古の時よりその方の魂の転生を見守り心の古里の光を思い出す手助けをしていると教えられました。

今ここに生きて存在することが大事で価値あること、自分に起きる出来事すべて意味があり、辛い事、悲しい事、嫌な事、すべてはそれを乗り越えた時に自身が変化し、自身を育てるものと知らされています。

この宇宙の中の地球星に誕生した事が大切なこと、そして、とても大事なこと。この広い宇宙の中、愛の繋がりの中で生きています。地球に育てられ、太陽に見守られ、月に癒され、星々と語る私達なのです。

心が疲れた時、どうぞ空を見上げて、そこに輝く月の光を浴びてみませんか。光が降り注ぎ、あなたの心の闇が光で満たされていくでしょう。

すべての素敵な出逢いと関わりに感謝したいと思います。

ムーンライト・メッセージ　目次

出逢い

1996～1997

月から降りる　光の帯を見たことから
私の人生が大きく変わっていきました

伝わるものは　大いなる宇宙からの愛
月からの　両性エネルギー意識によるものです
そして　私の体験によるものです

夜空に浮かぶお月さま
地上に　何時の頃からか　灯が多くなると共に
人は下を向いて暮らしはじめました

月の光は輝きを増しているのに
人々は空を見上げることも忘れかけています

太陽が輝き　月が照らし　星がまばたいているのは
ただの景色としてあるだけ

私達は太古の時より　繫がりの中で生きています
その事を分かってほしいと
宇宙の月に意識のあることを知らせてくれました

一九九六年——

二月　満月の日　出逢い　出来事

月の中　一杯の光の帯が地上に降りている現象を見せられました
その一ヶ月後に　朝方四時三十分　強烈な月の光によって目がさめました
この二つの出来事は　息子も一緒に体験しております

その後　幼い時に月明かりの中
影絵踏みをしている私の姿が　映像を見るように浮かび
その頃よりお月さまと関わっていたことを想い出しました

一九九七年——
一月二十六日
お月さまのこと　何て呼んだらいいのかと聞いてみました
王様と呼んでいい　との初めての感覚　メッセージを受け取りました

四月十五日
バリ島　アグン山の中腹にあるブサキ寺院に向かうバスの中
スクリーンを見ているように　海辺の景色が見え
中世の女の人が満月に向かい

弓を持ち　矢を放とうとしているのが見えました
月の光が海にうつり
黄色の静かな光が砂浜にまで流れていました
女の人の薄い衣がとてもきれい
その時　何故かその人が自分ではないのかと思いました
太古の時から　月と縁があったのだと思います

その夜　海へ行き月に向かい　昼間の出来事を報告すると
天から　おめでとう　と声が二回聞こえてきました
きれいなはっきりした声です
私は思わず　ありがとう　と答えておりました

七月九日

月の女神エネルギーが私に注いでいると知らされ

それを知りたいと　月にお願いをしました
その時に写し出されたのが　月の横顔です
同時に　父親のような暖かいサポートも
感じるようになっていました

八月二十一日

意識が何であるか　宇宙が何であるか
もっと見せる　もっと知らせる　体をいとおしむように
とのメッセージを受け取りました

その後　悲しみ　苦しみ　楽しさ　すべての感情を
人に話すようにお月さまに聞いてもらっています
心の投影とも想う映像が映し出され　私に答えてくれました
その時から　意識交流が始まったと思っております

その写真の変化を　皆様にも見ていただきたいと思った時
写真に大きな変化が起き
それは　物理的　理論的なこと　すべて（月に）任せて
という感覚メッセージを受け取った時です

その後は私の心の変化や　物事の捉え方などの変化に合わせ
写真とメッセージが来ています
意識を人だけが持つものではないこと
お月さまとの出来事を通して　意識がすべてにあること
共に繋がりがあること　人として生きるということ等を
伝えてもらっています

お月さまと地上の私が　今この時に出会うため
私が思い出すために　月からのコンタクトが始まり　写真が撮れ始め

感覚メッセージを受け取るようになってきたのは
すべてのいろいろを受け　変化と出来事を通し
月の存在　月が地球に関わってきたこと　人との関わり
この現実と平行して次元の交流が行なわれてきたこと
すべての出来事の中で　それを知らされました

そして　私との関わり
私が今まで生きてきた人生の中で
病との戦い　人との関わりかた
自身の心のありかたすべてが
今を迎えるためのものと知らされます
その中で出来上がってしまった
自身の思考パターン　感情　物事のとらえかた
その中で育ってしまった恐怖　恐れ　不安など

心の奥からのメッセージを知りました
生き方　物事のとらえ方など　考えさせられながらの
お月さまとの交流です

後に　私の魂がお月さまとどのような縁のもと巡り会ったのかが
明らかになる出来事が起こりました
今も　私の変化は続いておりますが
お月さまとの交流　メッセージを
皆様に見ていただきたいと思います

体の痛みの問いかけに
宇宙の生命体の一つ地球が病んでいるので
その痛みを分かち合っている
神が　私の体を包んで抱きしめているから　安心するように

身も心もさらに清めるため
魂　体に宿っている精神　気力が光り輝くために起きているとの事

肉体のトラブル

宇宙の節目　地球の節目　肉体の節目
すべての節目　変り目なので変化のため
体に力み　痛みがあるのは　心の疲れの現われ
痛み　つらい事は
それ以上　事が起きないことへのクッションになる

愛を抱えなさい

神様が放つ光　愛を抱きとめてよい　しっかり受け止めてよい
宇宙は異次元ではなく　もともと身近なもの
太陽　月　地球　その中にいて　一つとなっている

自分もその中の生命体
その生命　体の心地よさ　生きる事の喜び　愛　優しさ
宇宙を通して　少しでも感じる事を
私（月）を通して皆に伝える
人の意識の変化　少しでも　わずかでも変わってほしいから

映像

ドーム形の上　天上界に大きなお顔
左に太陽神　右に月の神が　下にいる私の方を覗いている
私はドームの下から　天上界を見上げている
天使がまわりにいる　空の色がとてもきれい
いつまでも導き続けてくれるとのこと
太陽神と月の神から
無限におだやかで包み込む優しさが伝わってきた

自分を愛すること　好きになること
すべての自分との出会い　みとめてあげます
どんな自分も自分です
そこからスタートしてみませんか

暗闇の中にも光る優しさがある

空を見上げて　月を見てほしい　もちろん太陽も星も
人が孤独を感じた時　何時も優しくそこに居てくれる
心を向け話をしてほしい　包み込み　受け止めるから
暗い夜にも必ず優しさがあり
あなたを見守る誰かが居てくれる
大きく広く見てほしい
それが宇宙であり　自然界であり　友であり　家族なのです
すべてが繋がっている

そう伝えてほしい　と語りかけてくれました
我が腕に抱きしめていると　何回も言ってもらいました
委ねた時　気の流れが始まるとも

宇宙に深い愛があることを知ってほしい
それぞれの人が　それぞれの立場で
持たなければいけない優しさ　愛を知ってほしい
宇宙空間には愛がある
深い愛が

我が事だけにとどまるな
私（月）との関係は　家族的な繋がりの中にある
外の人に手を広げよ
そこから地球に思いを広げる

癒しの心を持って
月の光ですべてを包み込むように

神々の愛の花園の中で　種がこぼれ　花が咲くように
愛が広がってゆきます
愛の花の上を風が通り　足もとを水が流れ
昼は太陽の光が包み　夜は月と星達が光をふり注ぎ
その中で愛が育っていきます
宇宙の花園が沢山広がり　私達にも広がってゆきます
そして地球を包みます
幸せの心を　たんぽぽの綿毛に乗せてとばします

銀河が流れ出し
流れと共に　人の心の中に愛が入り込みます

それを見守るのは私達　そしてあなた
流れが少しでも速くなって
人々の心の中に　一つ一つの愛の星が抱かれますように
宇宙の愛がそれを待っています

日だまりの中で母の懐に顔をうずめ
すべてをゆだねるように　宇宙の愛にゆだねてほしい
何かが起きても安心して抱かれていられるように
宇宙が母の愛となって
大きく広く愛を広げ
胸の中に抱きとめてくれようとしています
母の懐の中にもどるように　手を広げて向かうだけでいいのです
何かを迎える準備です
それはあなたの心の変化

心の中に愛の暖かな灯が点ります

そのあたたかさが　波のように広がり
波の中に足をひたした人の心の中に
また灯が点《とも》ります
思いが思いを運ぶことが出来るのです
波の広がりのように
大きな暖かな火の波は
太陽から　そして月から　また星から
そして人から人へと
愛の灯が点されます

自分の心を深く見なさい
深さにより　心も変化する

海に雫が降り　溶けて広がってゆくように
人の心の中に愛の暖かさ　優しさ
やわらかさがしみ込んでゆきます
月の愛の雫が沢山降り注いでいます
両手を広げて　胸の中に迎えてください
心の中の感情を　月の愛の雫でうすめ
楽にしてあげて

どんな私でも受け入れてくれたお月さま

わがままな私　不平不満をいう私
人を羨む私　少し意地悪な私
病気に負けて暗くなり
不安になって嘆き　愚痴をいってしまう私
こんな私でよいのかと聞きました

あるがまま　今のままでいいからと
そんな優しい愛が　何もかも受け止めてくれています

幼い時からの病は愛の深さ

親の愛　先祖の愛　そのつながりの奥に　宇宙の愛がある
命あふれる宇宙から地球に誕生したことの
意味　深さを知ってほしい
人としての生きることの大事さ
関わるすべての大事さ
その中で自分を大事にすることの意味
それは小さなことではなく　大きな大きなこと
宇宙の中にいる生命体の一つ
欠けてはならない大事な命だから

太陽が輝き　月が照らし　星がまばたいて
心の成長と夢を
休息をあたえてくれています
宇宙と共に人生のドラマが関わっています
太陽が母であり　月が父であり　星たちは兄弟です

他の方が月の変化する写真を撮れたことについて

写した時の人の心
その人が月に向けて思ったこと　向けた心があったはず
その心で写せた事により
意識が通じるという事実を
分かってもらうため　体感してもらうため
その感覚を　その人の人生に生かしてもらうため　写させる

私　に

写真を撮るだけの行為にとどまらないこと
そのことだけにとどまるな
スタートの時　さらに変化していく段階の一つ

大地　表面がゆれるトラブル（地震）

自然を感じる　そして見る切っ掛け
人の心の繋がり　他の人の行動　思いを知らせる
そこに住む大事さ　土地　環境　自然
その中で守られ　生きている地球の鼓動
月が地球を照らし　私達も照らし　見守っている

心の歪み　体の歪み　肉体の疲労によりトラブルは生じる

体と心のバランス　休養により回復あり

肩の力をぬき　人と関わりなさい
内なる心　自身の心が穏やかなゆったりした心なら
相手の心もそれに合わせようとする

風　光　あたたかさの渦が
自身を包み込みそのまま動きとなる
動くことにより　渦に巻き込んでいく

トーテムポールのように
上から順に　下から順に
大地から天界へ　天界から大地へ
愛のエネルギーが貫き　宇宙の愛が繋がりました
その祈りが通じました

これからお月さまがしたいことを
早い時期に　人の言葉　出来事により
教えてくれるとのこと

これから起きる事について

予言する事ではなく　感じる事
一瞬一瞬の幸せの大事さ
大きな宇宙の変化は私達に任せて
家族の絆　守られている事
優しさを見るのです
その愛が私達を守る宇宙の愛に繋がるのです

愛の心を分散して下さい
心の中の自分の神と

宇宙の神とを結びつけてください
好きな神々と心を合わせてください
力になってくれます

自分のためだけに生きるのではない
愛があふれた所から　今ここに来ているのを思い出し
人のため　人を救うために居ることを知る

体の辛いことは　肉体を変化させるためのもの
愛と優しさと行動をつねに心に持って
一人でも多くの人が変化する
手助けができるように

激しい大海原の流れの中のような心の中

岩の上で救いを求める人達に
天から光と愛を通して救い上げる役目
神との繋がりによってする事を思い出す

自分の管理を怠っていてはだめ
強くなることの意味　現実をしっかり見て
神と人との役割を感じ知ってほしい

マリアさまから

私と同じ血が流れる　私が血の涙を流すのといっしょ
愛に包まれその中で流れるものだから安心するようにと
その時　胸の中に血があふれ　流れ始めた
見守ってくれている中での出血
幼い時からの病　気管からの出血

私のもとで女神達がつどい
天使が飛びかう中でいたそなた
その愛がそのまま今あるそなたに
そのまま流れている
安心してゆだねて　不安に思わないで
わが身の余分な感情を捨て去る事が出来た時　心と体が喜ぶ
人の思い　心が素直に受け入れない狭さ　はねのけてしまう
痰　炎症　思いを昇華出来ない
血　それは　変えたい自分

準備が整ったときに事は動く

私（月）が思うこと　願うことは一緒と思ってよい
自分の変化を確認するために
立場が分かると　優しさがゆるぎないものとなる

相手の言動によって変化することはない
自分がどうなりたいか　どうしたいのか
考えることが大事

自分の中の神を大事に守り育む

神を大事に　わが身　わが神を　みずから抱きしめよ
宇宙の愛　エネルギーを大いに活用して
他のエネルギーは他のもの
わが神　自身のエネルギーを生かして流して

体に起きている変調

川の流れがとどこおり　海が重く　湖は息苦しい
天上界から私へ　私から地球へ
光を通すように感じて　伝えて流します

のどの音は砂漠に鳴る悲鳴
今の地球の状態を体を通してメッセージとなっている
それを分かり　天上界に伝え
私を導管とさせてもらい　地球に送り込む作業をすること
たくさんの命を抱えた地球
その命と共に　呼吸していたいのです
その地球に守られている私達が地球を守るのです
深い所に愛するということがあるはず
守るということは戦うことではないはず
みとめ合うこと

写真展のことは　そうしたいと思う
心の動きで流れる　人々の気が集まり　動かす
動き方は月の波動と一緒　静かに動く

見た人の心の中に　月のエネルギーが入り込む
エネルギーが集まり　運河のようになり　流れる道を作る
道は運河となり　宇宙に向かう
心の感動を命と感じ　その命の波動を　神（宇宙）が受け取る
神に抱かれる　優しい命でありますように

私（月）とそなたのことは故郷の中にあり

今この時に　そなたが思いを私に向けたときから始まっている
伝わる意識は確実になり　昔の意識の中に入り込む
太陽と私によって　磁場を変える作業をしている
そのため　太陽と私の役が共通することになる

私達はどうすればよいのか

それぞれの立場の役割を知るのです

その中で育つ愛の形を見つけるのです
育てながら　自分も家族も社会もその中での役割を確認します

生きる事の確実な手ごたえ

なんの目的もなく生まれてはいないはず
生命として生きる事の意味　形のある生命体として
自分も生きて　他も生きる事を知ってほしい
これは人間だけに止まらず　植物　動物
それを育む地球の存在にも繋がるのです
これからは　すべてを受け入れる心の広さ
波のように来るものを感じてほしい
優しさの波が必ず入り込んで来るので
それを足元から感じてください
今の世の中　激しさ　恐さ　不安の波が寄せています

でも　その中に導く波があります
それを感じてほしいのです
そして自分のできることをしていてください

そなたが思った通り
私の意識が繋がった事が真実
私の意識を助ける形あるものが
私を守り　とりまいている

地球星を顧みず　大事にせず　他の星を知るのは無理
欲望だけの見方で迎えるはずはない
逃げ場としてではなく　大事に思い
共に共存する形を望む

他の星との繋がりは　夢を結ぶもの
太陽　月　地球の素敵な関係をこわしたくない
生命体の大事さを　その中で思う

そなたの肉体のトラブルは
自分だけのせいではなく
周りの人の思い　地球そのもののトラブル
あくまでも純粋　純真に神を信じ
自分の行なうことを精一杯するのです
周りの人を包み
人との繋がりの大事さを自分も感じ
人にも伝えるのです

大事にする心の中から生まれるものがある

何が起きても一人ではなく
寂しさ　悲しさは変化する
いろいろなことを受け入れる状態になってほしい

月の変化

内なるエネルギーを統合する　深い呼吸をひとつ
愛が入り込みます

そなたの体は私の分身なり　宇宙と共にあることに気づいて
体と心の歪みまだあり
心から委《ゆだ》ねることの意味を知る
わが懐に抱き心を伝えているはず
本当の委ね方を知るのです
これから共に進むのだから　迷うことはない

自分の出来事を見なさい
愛が流れているのが見えるはず
心が震えるほどの喜びがおとずれる
愛でとらえ
愛で語り
愛を感じる

複雑に物事　考えるな
事すべて一歩前に出ることにより開かれる
その前進が事を起こす
動くことによって　様々な道が見える
関わる人達が出来る
勇気を持って歩くだけ
問題は動くときに解決する

意識の変換をすること

歩きはじめたね　歩みを止めてはならぬ
歩き続けなさい　体は私が守る
水辺に足を入れ　その波が広がるように
そなたが歩めば　その波が広がる
私の思いが確実に広がる
意識を変えるための歩みである
私の意識はそなたの心の中に入っている
安心して歩むがよい
時が早く　変化を求めている
起きている事すべてに心を向けているように

私へ

ゆだねられた愛

1998

いつからか
振り向けば　いつもそこに月がいた
振り向かされていたような気がする
私に気が付いてほしいと

一九九八年――
誰かと共に生きて

委ねる心地よさを知ります
すべて受け入れる心が開いてゆきます
本来豊かな地球の自然のリズム　繰り返し行なわれる営み
雨　雷　自身の激しさは

自然から遠のいている私達への思い出しの出来事
新たな対面をさせられている
自然界への尊厳に対して　深い深い営みの心を知るため

宇宙の愛をもっと深く取り入れる
強く朝な夕なに心を向け　強く心を広げ受け入れる
こだわり　恐れ　恐怖で固くなっている心を
泡のひとつづつとして　飛ばしながらほぐしていく
神々に愛されているのを深く思えば
神に愛されている他の人　他のことも　静かに受け入れられる

肉体を母持ち　その不安に揺れ動くのは理解できる
過去からの思いと　生きてきた過程で成っていると思う
古いカラを捨て心を軽く　空気のように

ふわっと広がり　委ね　寄り添えばよい
大きく強く　小さく優しく受け止める
光のある時　ないときも抱きしめ　受け止めている
いつも心を向け　私がいることを忘れずに
辛ければ全部出して訴えるがよい
時がかかっても絆　深くなる

私へ

そなたの血は愛の血　神々からの愛の贈り物

体の浄化を行なっている
これから向かう事への体の対応のため
決して恐がらなくてよい
宇宙と同化するため
肉体がエネルギーの急激な変化によるものへの対応のため

これから大きく変わる宇宙の中にいるための
細胞の変化である
今しばらく体の変化続く

私へ

深く知らなければならない事が　まだまだ沢山ある
それは人の行動　他人の言葉
自身が発する言葉によって知ることになる
表面に表われる事だけに心を奪われてはならぬ
深い心を知らなければ人の心の中には入れない
言葉だけが先行してはならない
他の人が動いていてくれること
写真を見に来てくれることは
そなたに優しさを求めていることも一部ある

これから導く立場になるそなたが　一番深い愛を感じないで
また　知りえないで　人を導くことは出来ない

現実に起きている私との事を考えなさい
委ねる深い愛　深い心を思いなさい
自分の行動を照らし合わせてみなさい
一人でも見てくれた人の心に　さざ波が起きている
深い想いがとげられずにいた心の叫びが
また　出来ないでいたものが　胸の中にたまり
今このの時期に　それを解消するために　私の体と動きがあり
過去において　それを表現する前に　あきらめてしまっていた
神の助けにより　それを引き出し　過去に届ける
その変化を光が導き　天に届ける
心が軽くなれば宇宙と共鳴しやすくなる

写真展に寄せて

伝える言葉の難しさ　意識というものの深さ
その解釈は自由
伝える心が純粋ならば　人の心の中に入り込む
相手に対して戦いの心は持たない
すべて聞きなさい
そなたが聞いて受け入れる事で　相手の中に変化が起きる
否定も肯定も受け入れて
その後の変化は　その人のもの　自由である

写真展により動く事（他の土地へ）地上に居る事の感謝
動く土地にその場所に感謝
そこから地球に思いを向け
そなたを取りまくすべてに心を向け感謝するがよい

そなたを選んだこと大事に思ってほしい
宇宙の広大なロマンがある　夢の形である

私の意識（光）は絶え間なく

変わりなく　そなたに流れている
そなたの心の扉がときどき閉じようとしている
それは不安　恐れ　疑いの心がそれを行なう
心の殻を破り　内なる神に光を当てなければならない

同じ光を　宇宙空間に様々な思いを向け　宇宙の光を受け入れよ
その光で　今までにできあがってしまった感情をやわらかくしてゆくがよい
宇宙の豊かな愛によって包んでいく事が　どれほど心優しいものか
感じられるだろう

今までの固定観念を捨て

起きる事すべてに感応してみる
自分の行動を自分が見ること
宇宙　広い心　愛の思いで見直してみるとよい
自我に縛られない　お月さまのシナリオを
この血にて実現　表現するためにいる
心という自我を見つめること
自らが自分を認めたとき
あるがままでいい　それだけでいいという　素直な思いがある

心の変容

変える事が出来た時　とても豊かな気持になれる
内なる神と結びつき
ゆるぎないものが出来上がっていれば　怖れることはない

そなたの行動を阻むものはなく　光に悪の想いの心は届かない
人の心の狭さを見せられた
流れを関止めるものはなく　岩や石との間に水が流れるようなもの
水が上昇して気体となり
行動と思いが統一する時の喜びが先にある
天界の光の世界がある

アドバイス
スタートの時のあるがまま
そのままでよいとの意味は　向かう心の事
そなたは　そこからの変化をさらに深くしてほしい
行動　取り決め　進行の仕方
動きは静かだが　私の意識が動き
それによってそなたが知ることがある

一瞬　一瞬が大事な時
その時に感じた事　思う事を行なえばよい

私の意識が深く理解できれば　そなたは優しくなれるだろう
宇宙の仕組み　目指す方向は　少しづつ理解していけるだろう
それは　そなたが現実の中で起きる事　出来事で
分かってゆくだろう　大事にしてほしい
宇宙の営みは豊かにさらに激しく変化していく
すべて感じる心が大事

物事の動きに動揺しないこと
それだけ　信じる事　委ねる事が出来ているのか
表面の大きな出来事（写真）だけにとどまらず
小さな動きにも心が向くように

人の心と向き合う時　どのような感情が流れても受け止めるように
人の心の中に入るのに　自分が揺らいでいてはならぬ
そなたが思うように　地球の変化　深いキズとなっている地球のこと
人間によって生じた深いキズとなっている

地球が星として目覚め　生きようとしている

宇宙の仲間入りをしていきたいとの願いがある
宇宙へのサポートをたのみ
宇宙の者たちが地球に対してのメッセージを送り始めている
そのメッセージを受け取る人間
人々が気付き　伝え始めた人達がいる
その人々と　地球の思いが　一緒になった時　変化が起きる
変化に気付く魂であるように
光の世界へ地球と共に変化していく

人が迷った時

どちらに愛を強く感じるかで選べばよい

写真が撮れること

写真が撮れるという切っ掛けによって
その人　自身の中からの変化に気付く
自分の中にも　不思議な感覚エネルギーがあるということを認めることで
自分の変化をもたらす切っ掛けとなってくれる
それぞれの人　全員が持っている　自身のパワーに気付く切っ掛けによって
信じられないなかったことが現実になって　自分の中に力があることを知る

この時期　この時を　自分で選んできた　その魂
地球また宇宙の変化があるといわれている今
あえてこの時期にいることの意味

自分が選んで来ているとしたら
命を精一杯生きる方向に向け
この世の動きの中から感じるものがあるはず
意識によって変化する事が大事
その変化が一人ではなく　沢山の中で起きてきたら
さらに変化が起きると思う

答えはすべて自分の中に
自分に問いかければ答えは知っているはず
それは私と繋がっていること
愛の中にいるのだから
誇りをもって　気高く生きよ
不本意なことは避けよ
執着によって心を動かさない

相手に合わさない（それは相手の都合）
自分が輝き　生き生きとしていれば　自分に合わせてくる

宇宙のドラマが始まっています

宇宙　地球　人（生命体）
それぞれのドラマがすべて関わり
その変化の中で　様々な事が起きている
恐れ　不安を感じることが少なくてすむように
私達（宇宙の者達）のメッセージが届き始めている
肉体の執着より　心　魂の方へ
自らの心を向ける　そして向かうように
毎日をいとおしみながら　大事に生きて
関わる関係を素敵なものとしていく

私の光を心に浴びたそなたへ

心の変容のため　波が寄せるように　繰り返し心の変化がある
その時々の波により　心が変化する
現われては見える　自分の心の感情
また消える　その繰り返しの中で　変わっていく

宇宙の変化　ドラマは早く

それぞれの思いは変化によって作られていく
それぞれの星が宇宙の空間の中で　ほんとうの力を出し
生き生きと　意識（愛）によって動くことの出来る時
太陽　月　地球の役割　他の星達が　それをサポートする
私達　生命体として　地球と共に宇宙を感じるために変化している
宇宙のリズムの変容です

肉体を持つ生命体　人として

体　細胞に入り込んだ感情によって
判断するようになっている
表面に出た出来事をとらえ　一喜一憂することは分かる
その動きだけにとらわれていてはならぬ
道はさまざまなもの
それぞれが変換していくことが大事

そなたとは意識と絆の上に成り立っている
意識による変化は　さまざまな形をしている
心をそこにとどめてはならぬ
宇宙の営み　仕組みの中ではとても小さな出来事
とらえ方を間違えるな　そなたを導く私がいる

心の中に浮かぶ感情は　人間の持ったマイナスの感情

それを味わうため　知るため
それをどう変化させたらよいかを学ぶため
ただ感情をそこに留めてしまってはだめ
今までとは違い
その心を変化させることが出来るのだから
体と思考回路ができあがっているものの
バランスが取れていない
あせらず状態を見ること　動くことによって
必ず縁が出来る
宇宙のプレゼントは
それぞれの人々へ　それぞれの形でできている
心のゆとりの中ですべてを迎えるように
マリア意識の中で　体の血が出ている

人に愛を語るなら

心の細かな襞も感じるように　そして見るように
他の人を批難してはならない
自分の都合だけで相手を判断しない
色々な体験の中　静かにどんな状況も人の行動も受け入れること
微笑みの中に　やすらぎが生まれる
神と通じているならできるはず　神の光を受けるだけ
上昇しているそれを阻止するものがあり　バランスがくずれている
それをサポートする

息子のこと

兵士　私を守ることに意識が向き
自身の輝きを忘れている光を与える

さらに変化のスタートとなる

地球の星としての目覚めが強くなり
その波動が私達にも伝わる
大地の揺れ　水での浄化などは
地球自身の大いなる呼吸なのです
自然の営みを認める心
自然のサイクルを感じる心を持ってほしい
自然を切り離さないで一体となって
その中で生きることを感じてほしい
空があることを　宇宙が広がっていることを
大地があることを　地球上にいることを
その中で関わって生きていることを
蘇生する力があることを　変化させる力があることを

その心が地球をサポートする
それを思う人の心が　人をも変化させる
自分がそこに居ることを　意識の大事さを
その中で包まれ生きている　守られていることを想ってほしい
大きく広がった思いから
小さな思いを見ることが出来る心の変化は　楽になる

迷いながら道を見つける

迷いによって成長が行なわれる
心が　豊かな感情の中に漂い　心地良さを知る
自身を確立していくのは難しいかもしれないが
一歩　一歩　行なってゆけばよい
それをサポートする関わりがある
そなたの胸の重さ　疲れは過去からのものによるもの

思いをとげられず　半ばに達成出来なかったことがある
今　宇宙の変化の時　過去の想いが表面に出てきたもの
人として生きる最後の時
それを表現するために
急激な変化の時に合わせているため
想いが一気に噴き出してきたもの
そなたが　その原因に気が付かないため　焦りになっている
それは時が解決する

人の悩み　見てくれた人に

写真を通して　見てくれた人達の変化が　それぞれの答え
必ず心の中に入り込む感情がある
私の口を通して語る言葉も同じ
それは自然に行なえる

光の中に包まれ始めているので　心配する心はいらない
ただ優しい心で居るように
距離はなく心は共にあるので　そのまま進めばよい
大きく委ねなさい

手足となって動いているそなたへ

人々の心の中へ　わずかな切っ掛けでもよい
チャンスを与える事が出来たら
人々が自身をふり返ること　心を見ること
自然界に心を向けることにより
固くなってきている心をゆるやかにしてあげる
心が自由になることの素敵さを知ってほしい
意識によって起きることがあることを
その意識が　宇宙にまで通じること

その絆を思い　強く皆が思ってくれたら
それは愛の力となる

98年の動きは基盤となる

99年の動きはさらに宇宙の絆
そなたと私の意識の交流は強くそれを表現する
そなたと私なのだから　守る
今までのことを思い　起きる事すべて　ゆっくり受け入れよ
心の中でしっかり受け止めてから
皆に伝えるための行動を起こすこと
宇宙のリズム　仕組みは早く現われる
その中に入るための準備は必要
朝の光を感じ　夜の闇を感じ
繰り返し起きる自然の営みの中に自分を置き

その中で呼吸している自分を見ているように
自分の心の思い方が自由に　起きた事　見た事
感じた事に反応できるように
理解する心を持ってほしい
空で見せる変化があるだろう

写真の変化

それは意識ということが分かるための切っ掛け
それを伝える画像は　必要なだけ撮らせる
もっと大事な事を受け取るため
心を豊かに受け入れる優しい心を持ってほしい
伝える手段の方法の一つ
形を変え　起きる事がある

これから起きる出来事は

大きく広いところから物を見ることが出来なくてはならない
変化に対応する準備が出来ていなければならない
起きた事を　自分が受け止め　処理出来なくてはならない
すべては　起きる出来事への準備の中で起きている
素直に受け取り　自分のものとしていく

人との絆により　それは強くなり　行なわれる
宇宙の変化早く　光の世界へ移行するので
強い意志と心によって臨むように
色々な変化を受け止め　変換していくように
思い描く事　さらに具現化して行くように
受け取るそなたの心によって来るものの変化がある

優しさを第一に　比較してはならない

心の中心を開き宇宙に合わせる
そなたの心の中心が開くことを早く望んでいる
胸に光をあてよ
（胸の中心が開かれているような感覚と映像が見えた）

そなたの夫　その者の心
宇宙へ向かい　私の心を理解している
広く物事を見る　視野の広さを持っている
これからの世の中の変化は激しく
経済　金融　輸出入のバランスはさらにくずれる
その中にあって　仕事の絆　人の絆
その絆によって行なわれることがある
すべて宇宙の仕組みの一つ　流れを見れる心がある

何時も冷静に物事に対処し
世の動きすべてに目を向けているだけでよい
浮き沈みは何時の世にもある
それは大した事ではない
立ち向かう心があればよい
流れの中で動く事が大事

受け入れる心によって物事の変化がある
宇宙との関わり　心が向かっているので心配ない
そなたの努力によって　皆が良い影響を受けている
さらに心を広げ
ともに私たち（月を始め宇宙の仲間）の世界に心を向けてほしい

夫へ

他の地で始めること　嬉しく思う

静かだが一歩　一歩　確実な歩み
光に向かう心がそれを行なう
伝える事すべて　そなたの体験の中にあり
素直に心と想いを人に見せるがよい
切っ掛けをつかむ事の大事さ
それを広げるのは受け取る人の心
現実の世界だけではなく　宇宙に関わってほしい
宇宙空間に浮かぶ地球星に居るのだから
自然の声に耳を傾けてほしい

そして自身の中の声にも
命に脈々と流れる想いがあること　魂に心があることを
すべてのものに心があることを

自身の心の旅がどこに旅立とうとしているのか知ってほしい
すべてのものが向かってほしい　光のもとへ
それはそれぞれが自身を知り
光の世界があることに触れていってほしい
自然界から教えてもらうことになるだろう
その中の生命体だから
すべての繋がりの中にいるのだから

名古屋での写真展のこと

私の力　神の力が働いていた事を知ったであろう
そなたの不安　人間の心の不確かなもの　感情を
事の動きの中で知ったと思う
心からの信頼　ゆだねる心がほしいと思う心が自分の中に
沸きあがってきた感情も見たと思う

信じる人の心も見たはず
そなたがそうなりたいと思う心に素直に従うがよい

一つ一つの出来事の中に　私（月）の心が入っている
そなたが反省として考えることも
これから向かう事に必要なこと
すべてを迎えるのに　いらない心を解き放すための出来事
階段を登るように　出来事に向かうため
そなたにとって一つ一つの気付きが必要
甘えは　それを遅らせる
すべてを迎え入れる準備だけでよい
動きの中　私の意識により事が起きる
心を向けているように

そなたの気付き　目覚めを待っていた

それだけ大事なこと
人を導くとき　心の深さが必要
そなたを包み込み　心の中に入り込み　導いていくのと同じ
人の心の中に入り込み　導いていくのと同じ
静けさの中で　それは行なわれる
心と体が体感しながらの変化となる
受け止めることが大事
自分の中心に向け　心を同化させる
わが魂と向き合った時　また向き合うことが出来た時
自分の変化が起きてくる
そして　自分を変えてみたくなる
毎日の営みの中に切っ掛けがある

体調の不安　怖がった私

そなたの心の受け入れ方によるもの
人間としての心の枠が外れていないため
頭の中で不安と恐怖を生み出している
体がそれに反応しただけ
私のほうへ顔を向けてごらん　何も考えないで

天の配置により　衛星として

地球のそばにいる今　この変化を迎える時に備え
地球の生命体の誕生の時から　影響を与えている
神々と交信する者達が　私の意識の変化を見ていた

そなたの体から出ずる血には　私の想いも入り込む

人を変化させる道と一緒

そなたの変化は　心も体も影響し合う
動きながら　その流れが行なわれている
地球の流れも想いも入り込む
まだ時が続く　そなたの肉体を破壊するものではない

私達が変化させてしまった地球

今の時に　地球と共に
私達生命体は　一緒に宇宙の光の仲間入りをしたい
そのため　宇宙の愛の方々にサポートをたのみ
共に変化する方向へ動いていきたい
地球さんに　ありがとうを言いながら

すべての行動に愛が入っていたら

愛と共に出来れば　必ず今までとは違う変化が起きる

行なう時　決める時　人と話をする時
どちらに愛を感じられるか
愛のもとに行なわれているかで違いがあり
魂が光のもとへ向かう道へ動く

そなたの恐怖の幼子を　宇宙の空でハンモックに乗せ
私（月）の銀の光を全身に浴びせ　包んであげよう
（私の中心　心の叫びによって　寂しい一人はいやと
泣いている私がいた　その時届いた月からの言葉）
この時　宇宙空間に大きなハンモックが右から左へ渡され
右側にいる月から　細かな銀の光（粉のよう）が
ハンモックの中にいる私（胎児）に流れてきて
降り注いでいました

エネルギー統一が行なわれる

引かれる力もある部分は強くなる
静かなるものも動く
開放されない想いのため　外に向けることが　内に入りこむ
すべてにおいてクリアにすることは難しい
内なるもの外なるもののバランスがくずれる

光の輪

私の回りに　宇宙空間を作る
光の素粒子により出来る　私の内に入る意識を作る
宇宙全体に旋律のように　共鳴し合って皆が繋がっている
自由の魂のもと　宇宙のリズムが鳴りひびいている
それに合わせるように
自分の中心にリズムを受け　合わせていくように

時には強さが必要

自分を導く自分がいなくてはならない
肉体の変化は必ずある
そなたの肉体の変化は　宇宙の変化の中にあり
恐がらなくてもよい
神が目指す光の行方を見よ　出来事がそれを知らせる
心静かに時を見つめよ　龍の目が　それを教える

人の心の不確かなもの

信頼という事の難しさ　体験を通し　知ってゆくしかない
過ぎれば大丈夫だと思える事
体験と心が一致するまで行なわれる
生み出した不安により　体が変化して　調子を崩す

そなたの鼓動が聞こえる

私の鼓動に合わせる　そなたの内なる鼓動が聞こえる
心が開いてゆくのが見える
ゆるぎない安心のもと　そなたの心が落ち着く

夜空に無数の光が飛びかいメロディーが流れる

それは意識体との交流
地上の人達と意識を合わせるため
そこには向き合う心があるだけ　そして変容する
空に豊かな世界があることを知り
地上にもその地球にもあることを知る
忘れている自然への関心を思い出してほしい
自然の中に再び帰れることも

長い宇宙の時の流れの中で

月としている時　過去から未来への時の流れの中で
そなたと出逢えたこと　嬉しく想う
宇宙の旅の中で関わった事　大事に　想ってほしい

さらなる歩みの到来

その者により　深い宇宙の営み　変化を知らされる
その中にあって　中庸の役割をする
物理的なものに心が入る　統合する
そなたを取り巻く人達がふえる
心と体の変化により　導く事が出来る
形のあるものから　空の世界への変容
意識のパターンを変えるために　出来上がっている

心の歪み　修復される

心のいらいらは
感情を　考えを　豊かにするもの
体験することにより　それも伝えることの一つとなる
心模様を見ながら　変えることが出来る
自分と自分とを　一体化するため
自身の深い声を聞き　行うこと

離れているために起きた出来事
分離ではなく同化すること
自身の言動　思考がどこから来ているのかを
知ること　見ることで分かる
どこに焦点を合わせるのかで結果がある

はぐくみ育てる

1999

お月さまから
私の成長を見守り促すような現象を
いろいろな角度から
知らせてくれようとしています

一九九九年——
三月十七日

さらに一瞬が大事　関わる人達が大事
宇宙に合わせるための歯車は組まれた
そなたの想いを大事に　光り輝いてほしい
月が出ている時　光をたくさん浴びてほしい
優しいメロディーが流れるであろう

なお一層　そなたが宇宙　私との繋がりを感じるであろう
ゆっくり　ゆっくりと心を開いておいで

そなたの思考パターンも変わるであろう
心の扉も次から次へと開くことであろう
私との隔たりと想う事は
今までの分離思考　社会　育ってきた中でのこと

内なる宇宙も外なる宇宙も一緒
自身の神も大いなる神も一緒　すべて統合する
大いなるものから　大いなる人達へ　流れが始まり動く
それが神の意志

皆の意識が私に向いてくれた時　私はさらなる力を与えるだろう

神の手は沢山ある　形を変え　姿を変えて
（神が放つ光の矢の一つになります　と私は答えていた）

怒りはぶつけるものではなく　感じるもの
（その日　私の中に怒りの感情が激しく出て
家族に不快な思いをさせていたことについての答え）

心地よい春風によって

人の心を奏でる旋律により　流れが速くなる
土地を動く事は流れをつけていく
神の意識によって動き
瞬時に心の奥の想いを変えることは難しいが
行動　心の動きを変える事は早い
動きの中で私（月）を見る人々が多くなる事が必要で大事なこと

それは恐れの中で起きる事ではなく
優しさ　穏やかさの中で行われる
そなたの動く事は多く　他の土地へさらに動く
それは神の決める所　エネルギーのバランスを取る
神の意志をそなたが変換して人に伝える
そなただから伝える事が出来る
私の意識を感じ　行なってほしい

神の子として生まれたが肉体を持ち

感情に動かされて生きてきた
今までの中　変える事は大変だが
神の子として生まれたのだから　それはすべて出来る事
一つ　一つ　関わる事すべて受け入れていけばよい
心地良くないものは　自身が感じていくだろう

一つ一つの繋がり　出来事の中でそれは知らされる

写真が皆に撮れ出した事は　すべて意識の繋がり
そうしたいと思う心の表われ
その中の神の存在を知ってほしい
今この時期　繋がっていること
融合していると知ることが
とても大事なことだから
人の絆をも見せてもらうことになる
その喜びの中に　愛が生まれ　一体となる

三月三十日
深い深い海の底の呼びかけに答えよう
魂の故郷に帰る旅が始まっている

宇宙の星々の中へ転生を繰り返し
地球に生まれ　地上の転生を繰り返し
やっと私と向き合うことが出来た
今まで育ってきたことに感謝
わが魂が生きていることを知り
光のもとに向かう魂を　日常生活の中で応援する
それは深い愛の中で行なわれ　深い愛を知る
水の底から沸き上がる泡のように
透明な魂に戻るように

四月一日　満月

天空を駆け巡るエネルギーはさらに強くなり
地球に影響を与えている
空の様子　海の様子　土地の様子の変化がある

そなたの意識が意味あるもの　意識を集中させる
皆が集まるのはサポートのため
（空）宇宙　（地）地球　その中間の人　生命体
意識体が繋がったときの変化が必要
グランドクロスはその繋がりをも意味するもの
天に向け　地に向け　人に向ける祈りが大事
すべてのものに対して　尊厳を心に持つ
人の心が　大事な役目をする

自分の沸き上がる感情を見る
そしてどう感じるか　どう変換していくか
その感情を見る　その感情を
それにより豊かな感情が作られる

四月八日　写真を手放すこと

そなたと私の意識によるもの　他の人のものではない
パネル　写真集などは見てもらい
切っ掛けを作ってもらうためのもの
その人が行なうものではない

愉しむものならよい　また手放す流れもある
それは私（月）を守り　正しく伝えるもの
大きな流れに巻き込んで行くもの
すべてこれから動くための基盤となるため
守りながら育てて行く

自然体で天道により動く

天の道は自然の道

人道より　天道により生き生きとする
自身で答えを出し動いていく

主人より私へ

アシュターコマンドさんより

心を広げなさい　深くゆだねなさい
愛しい幼子達に言葉を掛けなさい
天の声を皆に伝えなさい
無限にあふれる情報の中
優しい愛を伝えなさい
神の光の一つ一つということを
確認させてあげてください
あふれる言葉をそのままに

宇宙の歴史の中の約束事

意識を通して　地球そのものも物体ではなく
意識体ということを知る
母なる愛の呼びかけが　地球にあり
その声により　生命体をサポートする
意識することが大事

四月十八日

さらなる歩みの中　手応えを掴むであろう
潮の満ちるに合わせて
時の到来　心の変化と共に訪れる
人の損得の感情に支配されるものにより遅れる
今しばらくそのままでいるように

四月二十日

出逢いの中　さらに密なる道が広がる
そなたの歩む道の確かさを知らされる
素直に受け取ること　素直に行うこと
素直に伝えることによって
人々の心が繋がっていく　確かな歩みの強さが力を増す
ただ行なっていってほしい
サポートの力が増し　そなたが輝くであろう

四月二十二日

宇宙での星達の輝きが増し　空気が澄み渡り
人々の個性が輝き　主張が増す
生き生きと生きる人　反対に自信を無くしていく人
それぞれの形がはっきりしてくる

純粋な思いが輝きを増し　宇宙の変化と共鳴する
それぞれの生き方が問われる時
こだわりを無くし　かたくなな心も変化させ
宇宙の気の流れと合わせるように
風を感じ　夜の静けさを想い
太陽の明るさを心に受け　すべて実感する
物事の動きの中に自らを感じるように

五月三日

わが心は純粋なり　違う想いの流れも知ったであろう
そなたの想いはそなたのもの　混ざり合うものではない
わが想いにゆだねよ　そなたが苦しむものではない
天の意図するものは大きなもの
光の矢となるそなたは　光となっていよ

天空を駈け回る者達のサポートがあり
深い呼吸と共に入り込む

五月四日

そなたの意識の混濁が始まっている
その中から芽生えてくるものが真実の姿
自身の声を聞く事の難しさ　自身の姿勢を見る
分離の中で行なってはならない　心の大事さを知る
心の中心の響きが人に伝わる
寛容な心がそれを行なう
そなたと私とのコンタクトは　とても重要なこと
大きな意味を持つ　神と人との共同作業である
（月と私の意識交流がダイレクトになる）
他の者が　そなたを利用することは出来ぬ

私が守っているため　私の意識が入っている
時の流れに組み込まれたもの　心配はいらない
人の想いは及ばない　それは神が守っているから
そなたが守るものあり
神が守るものがある　安心してよい

五月十五日　新月

そなたの心ようく見た
幼子のように　私を求めるそなたを見た
距離はないもの　心の絆　結びついている
これから向かう変化に　そなたが怖がらなくてすむように
私がたえず側についていく　感覚で分かるであろう
そなたが光り　輝くことが大事
何も怖れることはなく　気高く向かうがよい

そなたの器はもっと大きく　それに気付くがよい
すべてを私にゆだねた時　怖さが無くなる
私の光に包まれている事を忘れずに
これからもっと変化がある
両手を私に差し出しているがよい

五月三十日　満月

宇宙のエネルギーがさらに増す
頭部から　背　腰へと熱いエネルギーが入って来た

六月六日

エネルギーの変化により　心の有り方で不安が増す
生命と心を持つ者達にとって大事な時
変化を知らされる者達も　その時を迎える

ただそれを感じ行なうだけ
私〈月〉は地球の衛星として長い間　関わっている
今この時に生命体をサポートする
さらなる意味があるもの　そなたとコンタクトを取り
情報として　皆に伝えるものを送っている

六月十三日

そなたが繰り返し繰り返し悩む事は理解する
隔たりの中　そなたは私とのコミュニケーションの
取り方が難しいと想っている
意識　心　委ねる事　信頼　すべて状況の中で変わる
人の心のあり方はそのようなもの
光の世界　神の世界にはそのようなものは無い
その委ね方を少しづつ勉強していく

豊かな世界に導かれる心地よさを知ってほしい
そなたの心のゆらぎの無い時　事は起きる
ダイレクトに私を通してそなたは感じているはず
私の意識が働いている　アルテミスとして

そなたの体験は皆の代表

他の人が知っていく　先導者のための体験
それを語り　皆に知ってもらうため
迷いを変化させられるもの
先にする者が　後からの者の道しるべとなる
宇宙の変化を皆と味わうため
心を抱えながら心と向き合う
虹のような変化の心を導く
相手の心を通過させるだけ

六月二十五日

そなたの心の変化を見守っている
宇宙のエネルギーも強くなり　それを体感する人も多くなる
素直に生きる喜びを知ってほしい
落ちつきを持ち　変化を見ているように
大気が動き　地も動くところもある
エネルギー変換が行なわれている

富士山には魂の根元がある
今から意識を合わせておくとよい　変化の時を知らせる
神意識にて物事を見よ　富士山に月意識が入る

そなたの周りで起きる事
少しづつチェックをするように

朝の太陽　昼の雲　夜の月　星
宇宙の営みの変化が現れる
西の空に光るものが出るとき　変化がある
心を真っすぐに天に向けているように

七月十三日

天に向かうエネルギー　地に向かうエネルギーの統合
引き合うエネルギーによるものの変化あり
グランドクロスの日　西に輝くものにより知らされる
多くの者が目撃する
意識を集中させ　想うことを伝える

何を求めるかによって変わる

そなたが娘として動くことが大事なこと

他のエネルギーによって動いているのではない
必ずそなたの側に縁者が現われる
それは私が意識を送っている

日本の神々の決められている所が有り
神（月）とそなたと土地とが　共に喜びを感じる
グランドクロスに言わせるは
繋がりをさらに深めるため
土地の動きを抑え　互いの意識の交流を始める
すべての宇宙の根元となる　愛　光　意識をあふれさせる
そしてお互いにそれを通してあげる
光が変化したもの（光が通ったもの）
暗は明るく　苦しみは楽に
すべての変化がある　とどめてはならない

七月二十日

空の変化が沢山ある
星として見えた一つが動き始めたり
飛行機のそばを光が飛んでいたり
私に体験を通して教えてくれている
体感することが必要
その導きにより　私が知ることになり
ゆるぎない心が生まれる

七月二十二日

宇宙の愛　意識を自分のものとして
人々のそれぞれの想いを
それぞれの心の中で育ててゆくように

出来事　目にするものは

そなたの心の中に沸きあがる　ネガティブな感情を取り払うもの
枠を外す作業である
現実に目にすることにより　確実に感じるであろう
そなたが人に伝えるための強さをつちかうもの
すべての自然界の中から　プレゼントを受け取る
これからはさらに　心の中心の想いを大事に
そなたの身に起きたことは　他の人には体験できないもの（全く同じではない）
それを大事に守り　人々に伝える
この広大な宇宙と人々が結びつく切っ掛けを作っている
今までの接点の時を想い　そのまま伝えるがよい
地球に対しての役目を持つ太陽であり　月である
結びつきの中でサポートが行なわれている
育まれる生命を大事に

祈りの中に意識が入る

意識の中に心が入る
天と地と人の共演
エネルギーの統括が行われる

そなた　わが娘よ

私の力を信じ　意識を相手に手渡せばよい
そなたの成長と共に事が起きる
そなたの内なるエネルギーを信ぜよ　私の意識と繋がっている
我が子を腕《かいな》に抱《いだ》くように　相手と接するがよい
豊かな愛は湖のように沸き出でてくるもの
迷うことなく人を導いていくように
光を手に向かうがよい

人の作り出すものには　予定外の出来事が起きる
人間は知恵を持っている　人と人の助けがある
その中で生まれるものがある　情報は入るであろう

八月二十五日

そなたと私の意識交流が行われているように
すべてのものに意識がある
意識に向け祈りが大事　激しい自然界の変化あり
サポートする私達を感じてほしい
そなたも強くなり　揺るぎないものとしているように
導く者の心　思い出し　皆に伝えるがよい
雨も風も地の動きも　流れは変わり　その者達を回避する
写真はそなたの心を写す時もある

九月一日

そなたの身の回りが騒がしくなる
天の気は高くなり　地の気も動く
海原を渡る風は強くなり
天空のエネルギーさらに強くなる　雲も動く
世の中騒がしくなり
心をいつも平静に保つよう　静かに時を見る
すべての動き　すべて意味あり
心を中心に合わせておく
起きた一部を見るのではない
心豊かな愛の中にいる自分を感じているように
これはすべて怖れる事ではなく
これから向かうステップです

宇宙にあって　それぞれの星の配列は　大事な意味をもつ
星から星へ流れるエネルギーがあり　それぞれも影響を受けている
太陽系の惑星の中で
これだけ意識が多い星　地球に皆が興味を持っている
意識の違いで　引き寄せる意識体がいる

九月十七日

どの方向に向いているのかが分かるはず
それを楽しんで　淡々と進めていってほしい
生きていることを　中心にもって考えてほしい
天のうなり　地のうねり　まだ続く
そなたが歩む道　順調に行っている
天地が動き　風が舞うが
そなたの歩む道は守られる　皆　導き歩む道

十の月は統一がなされる兆しがあり
天の声がそれぞれを導く
人間界の動きは　楽しいものもある
あわてふためく者　心静かに時を見つめる者
はっきり分かれる
人の心により　はっきり分かれる
天の優しさを知る者達が出る
人との調和

九月二十五日　満月

遠いと想い　感じることが出来ないと言っているそなたへ
そなたが意識を向ければ　私はそなたの意識の中へ入る
そして道しるべとなる
想いは宇宙を越えて　私のもとに届いている

今この時の繋がり　絆
切れることなく　永遠に続くものなり
ネイティブアメリカンの魂のように
自然を愛し　尊敬し　心豊かに生活するとよい
大地の子として　そこから宇宙を感じているように

九月二十六日
もっと広い豊かな心を持つがよい
私の光は　すべての地上を照らし　人の心の中にも入り込む
動きはそれぞれの思惑の中で起きる
起きた事すべて見ているように
ただそれだけでよい　物事　出来事をよく見つめ
自分はどうしたらよいのかを考える

十月二十五日　満月

一つの生命体としての喜びをそなたに与える
肉体を持つ心の重さが取れてゆくであろう
宇宙の仕組み　変化　確実に体感していくであろう
わが想いを深く知ることになる
そなたの夫は　私の担い手として守る
心で念じればそのようになる　心を開放して受け入れよ
自然と取り決めは行なわれる

十月二十七日

自身のこだわりを無くしたいと思った時
光のエネルギーの渦の中
細胞の中に入り込む力があり　押し広げられる
自身の中の声が聞こえている時

それは奥から押し出され　消えていく
心の声が聞ければ　変化させたいものは流れていく
気が付くだけでよい
人の声　山の声　風の声
大地の声が聞こえてくる

十月三十日

感謝とは　そなたが生きていること　そのものが感謝である
すべてのものが関わってくれている
そのことに感謝するものなり
すべて真実を見てゆくであろう
信じることの大事さを知るであろう
すべてを託し　伝えることに専念するがよい

十月三十一日

そなたにとって初めての事ばかり
戸惑い　大変なことだと思う
私とそなたが行うこと　私の意識があふれ　流れてゆく
そなたに伝わり　それを伝えればよい
伝えることにより　そなたが強くなる
深い呼吸と共に体をゆったりさせる
体を痛めつけている訳ではない
今少しの体の変化が必要

十一月一日

地球の中の深い深い溜息が聞こえる
中心核の中から振動が起こる
銀河系　すべての星の共鳴

エネルギーの変化　さらに変わり
人間は少し辛い想いをする人もいる
これは人間を痛めつけているのではありません
宇宙の変化のエネルギーに合わせるためです
体がきつくなる人　開放する人
それぞれの中心から　合わせるものにより変化する
十一月のエネルギーは火の玉となり　駆け抜けます
これはエネルギーの強さ
このエネルギーに合わせるのは辛い人がいる
対処の仕方は　すべて受け入れる事
すべて新たな動きが始まります
それを迎える準備です
生きるものすべての意識エネルギーの統合です

十一月四日

私（月）は地球を守るものとして存在する
太陽は太陽の動き有り
それに生じるものには私が関与する
私のところで変化させ地上に降ろす
太陽　月　地球　銀河系の中すべての約束事
物体だけが宇宙に浮かんでいるのではなく
そこに意識いうものが媒体となり　変化を遂げようとしている

そなたが人と関わっていくことは
そなたをさらに強くするもの　自身を確立させていくもの
私の力はさらに拡大し　そなたを包み
光を通し　それを皆に伝える
その光が体と心のサポートとなり

このエネルギーが変化していく
それに合わせるためのもの
私とのコンタクト　密に行なってほしい
そなたの意識が私に向いていることが大事
光の伝達者であるがゆえ　それを守ってほしい

十一月八日　新月

地球上に降り注ぐエネルギーは
太陽からだけではなく　他の惑星からも届く
宇宙空間には　さまざまなものが飛び交い　情報を与えている
そなたの魂も龍の背に乗り　我がもとへ行き来をする
地球に届くエネルギーも強くなり　地上のアンテナに届く
それは山（聖地）であり人である

黄色の月　新たな関わりのスタート
体の事は　私にその流れを見せるためのもの
空である　そなたは信じる事を学ぶ

十一月十四日

意識から意識へ入るので
そなたはにこやかに迎え入れればよい
私の手配ですべて行なわれる
空で輝くもの　地上でキャッチするものの間に
バリヤが張られる（土地のこと）
思い伝えたものの具現化　形で現わす
そなたがそれを見て知っていく事になる

十一月二十一日

そなたの意識の変化　嬉しく思う
パズルのキーワードのごとく　変化を感じたと想う
振り子のごとく動く心が　中心に戻るのを知る
天と地とそなたの繋がりを示す

十二月二日

そなたの動きを見てきた　我が意識を受け取りながら進んでいる
行動する大事さを知る　すべて答えはその中にある
自身の心を知る
他にコントロールされてはならぬ　心静かに時を待て
天空はさわやかだが　人の心はそうはいかぬ
生まれ生きている事を大事に想うことにより　生き方が変わる

十二月五日

強固な精神を作るためのもの
不安の心を見よ　その中で導く　自身の心を見よ
痛みもそなたを育てるもの
すべての不安を生みだしているのを　取り除く試練である
痛みの中から生まれる不安を見たであろう　心の不安定さを
肉体は変化の姿で心が反映する
そなたがどのような時でも　相手のことを大事に考えることが出来るか
そなたの心の拡大を望む　慈しみと　優しさが備わっていたはず
これからは　愛なくしては生きてゆけぬ
真の愛の姿を知ることが大事　心で受け止めることが大事
愛を否定するものがまだ溢れている
共に生きるということは　心の有り方である
次元の風は吹く

十二月二十日　写真のこと

写真　心を喜ばせる一つの手段
我が意識膨大なり　波動をとらえ　我が意識を合わせ送る伝達方法
人の意識が開いた時伝わる

十二月二十三日

旗印が上がるがごとく　物事ははっきりしてくる
富士の頂に登る雲によって　はっきりする
心のさまよいを見よ　何を求め　何をしてみたいのかを見る
人の心は人が司り　支配するもの
その心を無限に広げてゆくがよい
優しさが広がった時　その分そなたを守るものが強くなる
私〈月〉に意識を合わせる事は　そなたの意識が拡大する事である

二〇〇〇年　土地の動き　風の動き
火の動き　水の動き　すべてある
阿鼻叫喚の動きあり
避けるは人の心なり
変革のエネルギー　強くなる

心をひらく

2000

神聖な体験を受け入れ
安全と優しさの中で
自身がはぐくまれるのを感じています
お月さまとのことは
心のバリアフリーを望んでいること
愛のいろいろ　心のいろいろを感じること
大きく受け入れることを

二〇〇〇年――
一月十三日
痛みは悲しみの深さ
悲しみがいつくしみに変わる時

虹色に包まれる　想いの変化を知る
生を保ち二千年を迎えるはとても大事なこと
生命の絆を味わうため
そなたの元に集まるは　体も心も痛む者　その想いを知る
深く深く　そなたの心の奥に入り込みなさい
私とそなたの心の古里に
相手の想いに応えるのではなく
そなたがしたいと想い　動きたいと思った事を中心に
気高さ誇りをもって　自身を中心に与える愛を知る

わが娘よ　人はそれぞれの古里（魂）を持っている
帰る故郷によって準備が違う
（光の世界の古里へ帰ることを知らないでいる）
地球上でのことは　まさに身をもって体感出来る出来事

味わうのです
人として生まれたということは　そういうこと
わが光を浴びることは　古里を思い出させること
心を静かに誘うこと　光の世界への誘《いざな》いです

他のヒーラーにエネルギーを受ける事に対して
フィールドの力を増す
フィールドに穴をあけるようなもの

一月二十一日　満月
そなたの変化により　わが意識も動く
風の動きである　意識を当て動かす
地球はバランスをとりつつ変化している
意識の扉は開き　交流はさらに深くなる

私との交流　日本から意識として流れる
全体の中の一つ一つの場所　一人から広がる　地球全体に
そなたとの約束　早く思い出してほしい
そなたを守る担い手を遣わす

月のオーラにより　私達に共鳴現象が起き
目ざめが行なわれる
すべてのものとのコミュニケーションと調和が出来る
思い出し作業が出来る
神性に意識的に目覚めていくことが出来る

一月二十三日

大事に時を過ごすがよい
時にすべてが組み込まれている

自身からの語り掛けの心を向けよ
自然界のもの達にすべて
感謝と愛をもって行なうがよい

二月一日

鈴の音が聞こえる　神社の鈴の音
神々の動き　個々に来る者に　伝わることを大事に
神の歩みに合わせる
そなたの体の流れ　痛みもとどまりはしない　流れる

二月五日　新月

内なる光と外なる光のグライディング
変化は体感してゆくであろう
意識のからみ合いあり

二月十八日

そなたの動きは私が手配するところ
私とのことを新たに感じるであろう
大いなる叡智が知らされることであろう　自然界との関わりを知る
そなたの力はそなたのもの　比べてはならぬ

二月十九日

人々の心の混沌は続く　自身を見い出せない者もいる
エネルギーの変革の渦（螺旋）は増す
気象の変化が人に影響を与える
心を弄《もてあそ》ぶエネルギーが出ている
自身を守る方法として（高次元）との交流一体がそれを阻止する
祈りが必要　心を合わせるため
自身が生きて生かされている事を感じよ

三月二日

（沖縄・宮古島での出来事　二月二十七日～三月一日　の後）

我が娘　そなたと出逢えた事　嬉しく思う
わが元を離れた時から　我が悲しみは始まった
この宇宙の仕組の中　再び巡り逢うは　時の流れを待つしかない
長い年月を越えて　そなたを抱きしめる事が出来た
そなたの歩む道　明確に分かったであろう
光の使者として地球に入っていった
我が元を離れても迷うことのないよう
我が意識は働き　そなたを守ってきた

三月三日

そなたが私を身近に感じてくれて嬉しい
私の悲しみより　そなたが迷い不安に思うことの方が心配だった

ゆるぎない感情が伝わり　不安が消えた
意識の繋がりがそなたの中で強くなった
姫の誕生を祝い　そなたの力さらに強くなる　大事に生きるがよい
そなたの望みがかなない　我が元へ笑みを浮かべ帰る姿が浮かぶ
感謝をもって人と接するように
愛しき者　我が腕に抱いた時　私とそなたの旅が終わる

ある方との関わり

人生の転生の時　深い関わりを持つ者
天界から光の使者として　それぞれ降ろされし者
それぞれの思惑を越えたところでの結びつきがある
地上は　これから人として生きていく試練の場である
天の情報をあますことなく伝えるための　人々の結びつき

三月二十五日

そなたが導くという事は　天に通じるということ
愛の道　愛を渡すということ
真すぐにその人を見つめ　心を受け取ること
その方が不安のないように受け止めること
三次元だけのそなたが受け止めてはならぬ
相手の魂に尊厳をもって接するように
そなたに委ねられたことを大事に
扱う一つ一つの約束事を守り行なう
心して行なうがよい

我が元からそなたへ

一条の光を放ち　追い続けてきた
そなたの中で絆が確かめられ　わが元へそなたの意識が届く

光を感じながら歩んでいくがよい
天から降ろされし光を　それぞれが抱くように手渡せばよい

三月三十一日

少しづつ穏やかな心が育っている
今この時　物事を冷静に見よ
今起きている事（有珠山）　地球の生きている証
時を共存する　人々の助け合う姿が見える
起きた出来事により　深いところが見える
人の強さが分かる

素敵な繋がり中にある　すべてのものとの意識交流の中
愛と優しさが育つ
宇宙の者達がそれをサポートする

人の心の奥があるように　宇宙の懐は広く深くあり
人々の目に触れない者達があり　交流を行っている
一つの幕が降り　一つの幕が開く
自身を信じ生きることが大事

月の使者としての花が開く

渇いた人々の心に　月の雫が降り注ぐ
人として生きるドラマを　この地球上で素敵に演じるように
大きな広い宇宙の中で生きていることを体験する
私達との繋がりがあることを知って　体感してください

四月五日　新月

春の嵐のように　エネルギーが動く
人の心の中をゆさぶる　光が通るため　変わるため

情報の中を漂う心の闇を追い払う
そなたの奥の奥の開放を望む
揺るぎないものが培われたはずなのに
そなたの奥のものが阻む
愛というものの中で守られることが多い転生をしている
愛する　愛されるということが少なく　愛の葛藤がある

四月十九日

そなたが私の意識を受け取り　確認をして
安心のもとにスタートしたこと　嬉しい
私の意識を伝え易くなった
そなたの心に　やっと信頼することが芽ばえてきた
何時も何時も投げかけてくる不安を　私は受け止めていた
我が想いは　そなたを何時も抱き締めていた

今そなたに必要なのは心のゆとり　豊かさである
感応し合うことが大事　今動けていることが大事
我が道へ光　縁者が現われる
そなたさらに忙しくなる　体はついていく
そなたの心の楽しみは増す

四月二十五日

私との事を想い　胸の中にしっかり刻み込むがよい
これからのエネルギー　さらに変動あり
私との結びつきを大事に過ごしているように

四月二十六日

初めての人に対して　ゆっくり笑顔を向けるがよい
細かく話す必要はなく　ポイントだけでよい

写真を見る人　見ない人
すべて　この時　組まれている
光が流れ巻き込む人も　すでに決まっている
その人に出逢うだけ
体の痛みは　バランスが取れていないため

五月四日

そなたが自身の感情や思い浮かぶことの中で
自身を縛るものがある
こだわりはそなたを成長させない　阻むもの
（すべて相手を自分の想うようにあてはめない）
私が注ぐ一条の光を
そなたから他の人に投げかけるように

五月六日

我が光は意識と一緒　そなたと共にある　歩む所へ向かう
その土地のエネルギーも　そなたのフィールドを広げるもの
自信がついていくであろう
すべての大いなる神の力を知るであろう

我が娘　そなたの色々な思い　我が元に届いている
我が意識との絡み合いがおもしろい
そなたの理解のもとに行なわれる
私はそなたの速度に合わせる
大いなる叡智のもとに行なわれている
それを包み込む時はある　普遍的な思いは同化される
そなたの変化　少しづつだがある
大いなるものからと思い　受け止めるのに慣れていないため

拘らなくてもよい　感じた事だけ行っていてもよい
ただし　取り巻く宇宙は
そなたが見なければならない　体感するために
恐がる心は何も生まぬ
人はものごとに出会った時　対処出来るもの

満　月

このたびのこと　試練の一つである
人から天上人に変わる時
すべての体験を通して　人としての感情の整理をする
内なる中から沸き出る
豊かな心を感じるようになるためのこと
自身が大事なこと　比べる心はいらない
それぞれが大事なこと尊重する

五月十三日

娘よ　心配はいらぬ
心の狭間を見せられ　心を縛る不自由さを見た
少しづつでも変化していることが大事
葛藤の中でそれは行なわれている
深い繋がりを感じるのが大変な様子だが
それはいろいろな形で知らされる
時の中に組み込まれている事
幼い魂のままのそなたが寂しがっているだけ
たくさんの体験を通し　強くなっていく

神々の計画はすでに実行されている
そなたが我が娘として　光の使者として
すべての体験をしなければならない

大いなる叡智を学ばなければならない
神々の仕組みを知らなければならぬ
そなたの周りに人を配したのはそのため
そなたに　立ち向かえる強さが必要
これからの事　さらに我が意識強く　そなたを導いていく

五月二十日

愛しき娘我が腕に抱くように　光を放っている
すべての次元から吹く風の波が　そなたの心も揺さぶる
根元に戻るための　大きな仕組み　スピードが増す
太陽を見て昼間を感じ　月を見て夜を感じ　意識を合わせる
自分の思うところに　意識を合わせる
それが出来た時　感謝がある

六月五日

そなたが広く世間に羽ばたく時
その時の到来に関わり　そなたを助ける者達がいる
わが元へ意識を送りながら関わるがよい
夫婦の出逢いは深い意味を持つもの
転生においても深い関わりがある
未消化のまま出逢わされている
その事に向き合い　深い愛を入れなければならない

六月二十八日

私の中で月を見る時
姉の存在がいるような気がして　呼びかける気持ちがあった
青森の高橋良子さんが話をするたびに
彼女の目と口から伝わる気の流れによって

私の心の中が騒ぎ出し　月のメッセージが甦ってきた

青森で写真展をする意味を知りたいと思った時　月から
太古の時より関わる　深い縁の者との関わりを知る　と言われた
彼女との出逢いがそのことだと　知らされたように思った

そなたが人の転生の中で見つける事が出来た事　嬉しく思う
私の意識と家族的な繋がりの者
出逢いはすべてそなたのサポートのため
すべての仕組が分かってゆくであろう
すべての真実を見る目を持ってほしい
与えられた事を中心に動き　感じているように
大いなる変動の時を見つめよ

そなたの身に起きている事　しっかり受け止めよ
天界から　そなたを導き守っている
大気の動き　さらなる深い動きがある
揺れ動く人々の心がある
地上において学ぶという事は　沢山の想いを知るという事
そのうごめく想いの中の　何に自分が反応しているかを見ること
そのものの奥にあるものを知る
関わる出来事を見ることが必要
人は強くてもろくて　優しくて強いもの
からみ合う感情が浮き出る

あふれる想いの中　ただようがよい
光を手にするそなたが　見える
心とは　何か外に合わせるものではない

七月七日

山形のお寺の観音の絵を見るために　青森へ再度行くことになりました
出来事が起き　関わる方々がいました

次元を同時に体験出来たと思う
行動によりそれは知らされたと思う
そなたの心の変化がとても重要なこと
すべての仕組の心を知らなければならない
観音との意識合わせがそれを手伝う
人の心をあやつる糸は沢山ある
そのほぐしをしながら　そなたの成長がある
我が元へ意識を向けるための写真である
細やかに
人として生きる者達への手助けをするのが　月の役目

そなたの嘆き悲しみ苦しみ　すべて見てきている
光の使者として　人の想いを
大きく大きく　深く深く　知らなければならない
そなたの中に起こる感情の体験は
すべて味わう必要があるもの
深く入った時　地球　宇宙との共鳴が出来る
自然とあふれる豊かな感情に気付くであろう
個としての魂の大事さが分かってゆくであろう
すべての物からのエネルギー発信が強くなってきている
その影響も大きなもの
心を縛るな　愛はあふれる　光は増す

八月一日
そなたの役目果たす時が来た

人と深く深く関わることになる
わが意識を伝え　出来事を伝えていくがよい
そなたのバリアフリーが解かれ
豊かな愛の泉があふれるであろう
天と地とで行なう事　容易な事ではない
それを受け止めるそなたの心が必要である
愛を中心として行動するがよい
何も心配はいらぬ　調和が起きる

人は心の中にかたくなな闇を持ち
月の光によりとけてゆく

繋がりのもと　すべて宇宙の中から誕生し
意識交流のもと　今ここに居る

過去から未来へと自身が関わっている事の大事さを知る
大切な存在として　月からのメッセージが届く
すべて受け取るのは　私達の意識
日本全国にメッセージが届き始める　その時がやって来た
意識という繋がりを分かってもらうため
私（月）の存在を通して知ってほしい
広大な宇宙と関わる大事な生命　心を感じてほしい
心により繋がりが甦る

九月四日

そなたのすべての心の歪みが浮き出たもの
受け止める力が必要
あらゆるものからのエネルギーが動く
そのものから伝わるものをキャッチするように

起きる事すべてに意味がある
体もエネルギーの中で動く
今までのような物事のとらえ方では　ついてゆけぬ
深くとらえる事を学ぶように
今一度　我が意識の中に入るがよい　融合である
今起きている事　体験しながら感じていくしかない
ドラマ　そなたと共に歩む

九月十四日　満月

そなたとの交流　久しぶりに出来た
絶え間なくそなたに向く私の意識だが
そなたの心がそれを受け止めてはいなかった
そなたがそうしたいと思えばそのようになる　決めるだけのこと
この度のことで　いろいろ分かった事が多いことと思う

これを無駄にせず　そなたの心が豊かに
光が沢山通るようになってほしい
そなたが豊かになった時　光の使者として動くようになる

九月十七日

すべての宇宙の中　関わる中での出来事
今までにないエネルギーは　すべてを変えるためのもの
それぞれの個性のようなもの
水は水を持って　風は風を持って
山や平地を駆け巡る　火も勢いを増す
根元から変えるため
雷鳴は人の心の中に振動を呼びゆさぶる
生きる大事さを知る
すべて大きな愛の元　そこから生まれるものを知る

自身の強い心を知る　愛が動き始めている
大きな枠の中で行なわれている
（鈴の音のように愛が宇宙空間に鳴りひびいている）

満　月

いつものように月と向き合い　意識を受け止めようとしていた時
魂　心と心が月の意識を受け取り
私に向けられていた優しさ　愛を感じ
守ってもらった感覚を受け止め
八月二十日の火傷の時　とにかく守った　と伝えてもらいました
沖縄で他の方の力を借りて行なわれた儀式
私の意識はあの時と同じように
父と心と心の交流が行なわれ
私の中に父の想いが次から次へと入ってきました

あふれる愛　思いに　嬉しさが強くなり　涙があふれました

十月二日

一つ一つの体験がそなたを育む
そなたの心をいつも受け止めている
目に見える形ではなく心である　意識交流がすべてである
宇宙の中での出来事　宇宙そのものが古里である

語ろう　縁があり　中心に水が流れる
太陽の光を　月の核の中のクリスタルに集め　他に放つ
それぞれの星への伝達を行なう
太陽と地球の間にて
地球のサポートをして動く太陽エネルギーが強く
生命体は形を変えていった

宇宙のエネルギー　人の心の中に入り動かす
すべて基準なるもの本質が浮き出る（動きかける）
自身の変化を自身が見い出すように
すべては関わりの中で行なわれている
純粋であれ　拘る事すべて自身の中にある
すべて起きる事　人との事　自分が何を思い　何を感じるのか
その事を自分に合わせて答えを求めるだけではない
人との事　相手の行動はその人の持ちもの
それを知るだけでよい
自身の受け取り方ですべて変わる現実がある

肉体の辛さを訴えた時

肉体のある苦しみ　人として生きるカリキュラムとして来ている
そなたの肉体は我が元へ来る準備をしている

我が意識を向け　細胞に語りかけよ
我が呼吸を司どる　すべての細胞に感謝します
月の愛の光を受けてください
（私の体の中で犠牲になってくれて）

十月二十二日　箱根の旅館の窓の外から

山は山であり
木は木であり
人は人であり　あり続ける事が大事
山は山でいて　木は木でいて
人は人として　生きている
豊かに溢れるそなたの心　深いところにあるものを
想い出すだけでよい

十月二十六日
もっと自由に　もっと豊かに　羽を広げるがよい
我が娘としてもっと豊かになるがよい
愛がそなたに降り注ぎ　そなたの周りに溢れる
そなたのもとに来る者達に
我が元へ意識を向ける者達に愛が降り注ぐ
宇宙にあふれる普遍の愛の形が降り注ぐ
自由とは　心の中に閉じ込める小さな感情
それを解き放す時　自由が入り込む

十月三十一日
夜空に光る星へ導かれる魂がある
そなたが目を覆うような事も起きる
わが意識を強く降ろす

守るための愛をもって見詰めるように　変化するように
愛をもって感じるように

月は神秘な存在として

また大事な関わりを持つものとして
太古の時より　人々の心の中に深く入り込んでいたはず
何時の間にか人が生きるためだけに夢中になり
人の心の中から
自然界で共に生きて生かされているという事も忘れ去られ
同時に空を見上げ　月を仰ぎ見る人も少なくなっています
その月から　今この時に思い出してほしいと願う
月からの意識を知らされました
意識という　素敵で大切な伝達方法があるということ
それが人だけでは無いということも知らされました

宇宙船に乗らなくても　月のもとへ
意識によっていくことが出来るのです

十一月九日

体調がかなり悪く　息が苦しく　胸の中が荒れている
のどが締め付けられるようだった
月が私を　卵の中に入れるようにして光で全身を包み
エネルギーを送ってくれた
深い深い愛を持ち　すべて包み込む深い愛
相手の違う思いもすべて　両手を広げるように

そなたの愛の形が自在（心のまま　束縛や支障がない）
になっていないため
相手に愛を　光を送り続けるがよい

そなたの愛の泉が溢れるようにイメージをして
相手に流れの波を送るだけでよい
すべて寛容に受け入れるだけ

今までの事　私が信じるように
そして体験するように　感じるようにと
いろいろな出来事を通して教えてくれた
言葉による導きもあり　今日の私がいる
写真とメッセージにより　心のままに　絆のもと
何も分からなかった私をここまで導いてくれた
どれほどの深い愛の想いの中に包んでくれているのかと想う
父の愛の手が　沢山の手となって私を助けてくれている
その中で本も誕生したと想う
その手の変化は　家族の中にも友の中にも変化する

すべての物に神の光が当たり
それを司る物達により変化する

十一月十五日
そなたが何時も何時も持つ不安を覗いて見た
出来事に対していつも照らし合わせる事が必要だった
今までの生き方の中から生まれている　すべて迎える
初体験として受け止めるがよい
そなたの中にまだ　避けようとするものがある

十二月八日
あふれる人との思いは絡み合う
心のフィルターを通して感情を出せることが
優しさとふれ合うことになる

人の思いに同調して一喜一憂することではない
そなたの中から　優しさがあふれていればよいだけのこと
（思いを呑み込み消化することが出来る）

そなたのエネルギーフィールドは
絶え間なく広がりを見せている
宇宙エネルギーと共鳴する
私とのことを　身をもって体験することが大事
地上と天界との間でそれが出来る
そなたはそなたの思うように　自由に生きるがよい

十二月十三日　満月
新たな希望の光となる

十二月二十四日

地上に降りてそなたを抱きしめることが出来れば
どんなにそなたが安心するであろう
地上においてそなたの役目があるからこそ地上にいるのである
我が悲しみを思う時　そなたの心も強くなるはず
何時までも迷う不安を心配する
何を望む　繋がり　絆の中で行われていることを知ってほしい
悲しみを深くするのは　そなたの心

私は私が幸せになるために　この世に生まれたのでしょう
お月さまは　そのことを　たくさん教えてくれています
大事にこの世を生きるために

お月さまから送られ　受け止める意識は今もあります

私にとってすべて初めてと思える体験ばかり
確実に伝え来る事が現実となっていき　私はそれを信じるだけです
すべての中に　すべてのものに　意識があると知らされ
大事さを　教えてもらっています
現実に異次元交流が出来るということを知らされました

未来へ

2001～2002

夜空に輝く月を見た時
人の心は何故か　思い出しを始める
揺れ動く心の中を知り始める

神の愛　不思議な力
人に影響を及ぼす不思議な変化
実際の体験　活気を与えてくれる元気
両極のパワーがある　陰・陽
螺旋状で　上方に向かうは光　下方は闇
それを受け止めるのは
その人の心の在り方

二〇〇一年――

一月二十三日

自分の変化を自身で体験していく
人の不安は掻き立てられ　無気力になる者も出てくる
人々の意識と行動が伴わない
動く事の大事さを知る　すべて自身が起こすもの
その動きに　エネルギー　力がついてくる

一月三十日

そなたの体のバランスの悪さは
まだ心の強さが伴っていないため
一つづつ不安を消してゆくがよい
今だに不安を生み出しているそなたが
そなたを信じる事が一番である

心と体の交流を行なえばよい

二月八日

そなたの子がそばに住むは　約束事
定めの中で行なわれる
絆は深く　より深くなる
すべてがそなたへのサポートである
家族に見守られながらの動きが　そなたにはある

体について

今一度　生きている事に感謝
感情なり考える事すべてを　体が受け取り　聞いている
細胞に入り込み　痛めているところもある
私へ心を向け　体とガイアに流すがよい

不安と自信について

すべての感情を無視は出来ぬ
ぬぐっても沸き上がる想いを
簡単に消すことは出来ないのであろう
体験を通して知るしかないであろう
その積み重ねである

そなたの心はあや取りのよう

まだ絡んでしまう部分がある
すべてそなたの行動に関して今考える事
必要な事　場面を心の中に映して見るとよい
一つの事を通して一つの事を知る事である
確認しながら進む事
そなたの心　思考　今一度見るがよい

三月七日

そなたの苦しみの様を見てきた
まだ解けぬ糸もあるようだが　心配ないであろう
そなたがそなたを大事にする時
そなたの中に育つ新たなものを大事に育てるがよい
光のもとに人が集まる
光の矢を放ち動かぬものとする
天からの光　地上に深く降ろす

三月十日

そなたの心の中に送り込まれる風があり
奥に溜まっていたものを送り出す
時と共に人は歩む
前進する事が楽しみとなる

エネルギーの拡散が行なわれている　富士を守る道もある
大地にエネルギーのネットが張られる
そなたが動く土地は守られる

四月六日　ハレアカラ　マウイ島へ行く意味

天と地を結ぶ神々の動き　それを伝える者が必要
そなたが受け止める意識の拡大によるもの
わが娘として　さらなる体験が必要
大いなる神々の動きを知る　そこに存在する神を知る

四月九日

我が娘よ　そなたの意識拡大をうながすもの
必要に応じ自在に入るものなり　不安に思う必要はない
我が意識　何時もそなたに注ぎ導いている

心の柔軟さをいつも持っているように
切り替えが出来るようになる
他方面の情報も　時には必要
角度を変えて見ることができる
そなたの足元が動き
根底から変えるエネルギーが　そなたを支配する
それはそなたを守り強くするものなり
おのずから　そなたの態度も変わっていくであろう
そなたが寝ている時
我が元へそなたを引き寄せ　導きをしている

ハワイへ行く前に

磁場が強く出ている所は　地上でも大事な所
人の営みを越えたところにある

そなたが月の使者としているのを知る
太陽と共に地上を照らし　生きとし生けるものを守っている
すべて宇宙の仲間として　お互いのエネルギー　愛が必要
神々も手伝い　すべての聖霊も働きかけている
その土地を守り　天と地をつなげる

五月二日　原宿写真展　風邪でダウン

そなたはこの度　体の事で不安になったと思う
そなたが考えたように　自己管理は大切なもの
肉体に感謝し　意識を合わせることを怠っている
今この時を大事にせよ
そなたの不安が渦巻く中へ光を流す
中心に光の矢を受けよ　肉体は大事な車である

五月七日　満月

人の心　思惑も　思うようにストレートにはいかぬ
すべてに変革のエネルギーが働いているため
人の心が荒れることもある
宇宙の中での地球星にも沢山のエネルギーが注ぎ　変革を促す
同時にいろいろなものが動き　それを見極める事が大事

そなたの迷い　いまだ深く闇を持ち
奥の奥の開放がないかぎり　そなたの迷いは続く
一つ一つの綾を解き　そなたを導く
名古屋でのこと　心の栄養となる
すべての変化でそなたが考えていくであろう
大事に思い　大事に扱うことにより
何をすればよいか　そなたが思うはず

五月二十七日
そなたの想いは　まだまだひっかかりを持つ
それは考えを邪魔する事になる

五月三十一日
さようなら　こんにちは　という想いが
何回も頭の中を駆けめぐる
自分が作り出す世界でしか生きられない

そなたの生き方の不器用さを見た
幼い時から　ゆっくり時を
安心の中で過ごす事が出来ないでいた
不安　恐ろしさ　絶えずおろおろしている心であった

両親の離婚により　父の方に居た時
肋膜に水がたまり　高熱も出て　かなり悪い状態でいた
姉が　私が死んでいるように思えたと言って来てくれて
病院へ連れて行ってくれた
その時の辛さ寂しさ　孤独感が悲しい体験として心に残り
いつも誰かを頼りにしたいと考えるようになっていた
豊かに感情を育てる事も出来にくく
少しづつ弱く頼りげなくなっていった
体の弱さも手伝い　ますます心の歪みが重くなっていった
自身の体を不安にしていく事により
自身の存在を確認していた部分もある
誰にも受け止めてもらえぬ時もあり　悲しさが増す

六月六日

すべてのものに向かう意識が大事
一人一人に向ける心が大事
すべてありのまま　本質が見えはじめている

純粋な気持ちで　富士の山がそのままの形を留めてくださるように
霊峰として　日本にとって大事な山だから
日本を守りいつまでも素敵な姿を見せてくださいと祈る

時を見詰めよ

そなたに沢山の時が来る
六月に入ってから自身を深く見る事があり
出来事が沢山起き　その中で考えさせられる事が多い
自分の行動に対して　他の人の見方が今までは気にならなかった部分

相手を通して知る事が強く　多くなった
自身の至らないところ　気の使い方　心のあり方
感情の出方などを見ることが多い
人を介して自分の癖が分かる

六月十四日
そなたの夫は　沢山の苦労を抱えながらも　そなたを守り育ててくれた者
我が元より　そなたのそばにいて　立派に務めを果たしてくれている
我が意識と宇宙の真理を知っている
人として生きる事を知っている
我が意識より発するもの
そのため　親としての意識が強いのはそのため
地上において　そなたを充分に守っていくであろう

六月十四日

風が吹きぬける
心地良い風を受ける者　冷たい風を受ける者
不快な風となる者もある
そして人は　それを受ける者も沢山いる
自身が作り出した世界によって受ける風がある
思いの世界がさらに強くなる
動く山があり　エネルギーは高くなる

私自身の行動について

そなたは　そなたの動きしかできない
そなたの未熟さゆえに　転ぶ事　突き当たる事もあろうと思う
すべて良いも悪いも体験
人の目　他の者から見ればしなくてもよいと思われている事も

そなたが体験する事が必要であった
（二〇〇〇年八月二十日の火傷）
そなたの中で　はっきり守られた事が分かったであろう
（前日お月さまが悲しい顔をして見せてくれていた）
差しのべてくれている愛の手　意識を　私は不安に思う事が多かった
確信することが私には必要だった
そなたの奥底に迷いを見るが　ほぼ分かったであろう
すべての仕組みをそなたを通して伝える事の大事さを
すべて喜びに波長が合っていくことを
そなたと私は一体になってする事を

六月二十日　新月
そなたの役割果たす時が来た
私からの手渡しを確認したであろう

そなたのもとに集まる人達の絆　深くなる
すべてこれから迎える事を共に共感するため
そなたの導く力　強くなる　明確になる
私と繋がる宇宙の仲間がそれを応援する

宇宙の誕生の中

約束事が出来上がり
宇宙を司るそれぞれの宿るものがあり
命となり　生きるもの　意識があり動きがあり
すべてに繋がりの意識がある

七月六日　満月

そなたの体験　さらにスピードを増し　そなたを導くであろう
そなたの元に集まりし方々にとっても思い出しが深くなり

さらなる旅を続けるであろう
大きな繋がりに導くものなり
そなたの中心にさらなる強い光を降ろす
人の心はまだまだゆれ動き　融合することを拒む者達が多く
自然ということを分からぬ者達がいる
すべての自分を温かく包め　そこから発信する事
地球外からのエネルギー増し
ますます大いなる者の動きがある

七月十九日

そなたの迷う自立とは　色々な形で確認させられている
まだまだ相手に合わそうとするものがある
合わせる事も時には必要だが
決め事は　自身の心の奥にあるものに従うだけ

自分を信じ　自分と二人三脚する
その上で　人との絆を大事にする

七月二十二日
そなたの良さをもって人と接するがよい
その方のためにと時間を使うがよい

八月一日
そなたの中に新たな風が吹く
迎えるがよい　強く受け止め流すがよい
すでに足並が揃い始めている
そなたと縁の深き者　さらにそなたの元に集まる
歩みの中に明確になるものがある
血の入れ換えを行っている

八月四日　満月

純粋であれ
心の中心を何時も無垢にするように
人々のざわめきが増す
穏やかに中心を見　知る事
宇宙の配列　引き寄せるもの　強く地球も影響を受ける
呼び合うものが引き寄せられ形を表わしていく
星々の中に強く影響を与えるものがある
そなたはさらに人々との出逢いがあるだろう
そなたの中に委ねる事が確実に行なわれ始め
不安が姿を変えている
我が元に来るまで
地上においてする事をしっかり自覚せよ

八月二十三日

深い呼吸を毎日せよ
吐き出す時
そなたの中で変えたいと思うことを一緒に出す　流すが良い
その時　意識を向けて行なうがよい
我が光を胸の中に抱き止めておくとよい
荒立つ心がゆるやかになる
人の話を好意を持って聞くがよい

八月二十九日

そなたの中のものが豊かになり　稲穂のように実り豊かになる
私と歩む事の心地良さが分かってきたであろう
人々の心の扉を開けていくのがそなたの役目
沢山の扉を開けるがよい

そなたの窓を全開にするように
自在に風が吹くように　風の中でも倒れぬように
なびく時あり　立ちはだかる時あり　かわすことありと
風と遊ぶがよい

九月三日　満月

今までの私ではない私がいることが
お月さまとの絆が出来ているとのこと
今この時心の中で感じました

やっと深い絆がとれた事　嬉しく思う
人として生きながら我が意識を知っていくことは　困難なことと思う
私からそなたへ伝える分
そなたが受けとる分とのバランスがなかなか取れなかった

今この時を迎え　一体となっていく
そなたの喜びが我が喜びとなった
空から龍が降り　地上に寝ている龍も起きる
天界から八つの柱が降ろされる（エネルギー体）
私の心の中に父と同じクリスタル神殿が出来た（そう想えた）
（心と体を癒やす力となる）
不安　戸惑いのある時どうすればよいか
すべての事は味わいながら体験する
すべてにおいて前進する事
沢山の道を自身の前に引き寄せ　また作り出す
動いたことにより知っていくであろう

お月さまも　私も　あなたも
我一人　されどすべてに関わりを持つもの　交流するもの

すべてに感謝できる事
楽しむ事　喜びを感じられる事
自分らしくあり続ける事

九月九日

そなたの心の重さはそなただけの原因ではなく絡み合うもの
いつも話すが　その自身を追ってみよ
心の動きを自身が見るがよい
自身の口から出る言葉によることで
そなた自身が傷ついているのを知るだろう
行動もそうである　命の与えられた時を大事に動くがよい
そなたの価値をそなたが低くしている　丁寧に動くことが大事
すべて誰のためでもなく自分のためと知るがよい

人の言動が気になる事について

自身が十分動いていないため　理由を捜す
願う事にエネルギーが入り　思いを風が運ぶ
いつも自身の向かう先へ思いを描き
一日の反省と共に朝と夕にさらに思うがよく
意識と行動が伴うと強くなる

風に吹かれて流れ

それぞれの行く道に辿り着く
繰り返し届くメッセージは
生き方を素敵にするもの
迷う者を光に導くもの
私の心を受け止めてくれる　父の愛

九月十一日　アメリカ　世界貿易センタービルに二機の飛行機が突っ込む

経済　利益　人の支配する欲が動き始めた
宗教も絡み　アメリカの息の絡むものをくずす
人の命の大事さを知らぬ者達が理由づけをして行なうテロ行為は
すべて人々の目に晒され　正される方向へ
但し　人の意識の強く変わることを望む
戦いによりこれに対処するなら　新たな災いが起きる
世界が動かないと

人の思いを受け入れる難しさを知る
こだわり　恨み　正しさの強調
強い差別意識　他を受け入れない信用
信じる事　裏切り　戦い
すべての関わりの中で調和する難しさ

自身の小さな心の世界にも葛藤がある
これが人種の違う人々　国と国　習慣　宗教
経済　富　資源　歴史などに　出来あがった思想的なものがあり
大きな世界の出来事の中から
自分の心の世界を見ることになった

マリアさまの悲しみが伝わり
悲しみを通して　私の中の変化が望まれる
自分の中に作り出す小さな世界
心を支配するものを見た　こだわりを捨てるために

十月二十一日
他の人に合わせたように見えるが
すべて私（月）の意識が働いている　安心するがよい

そなたは人として　三次元で関わる事を大事に扱うがよい
そなたが私の娘としての動きは　これからのもの
そなたはいろいろな準備が必要
すべてに対応するための準備

そなたのもとに　集まりし人の波が変わる
そなたの勢いが増す
そなたの中の強さが浮き出てくる　冷静にせよ
流れと風にただよいながら　周りを見ていく
人の心は様々な葛藤を持っている
いろいろ見せられるであろうが
そなたの中心は私と繋がっているため　どのような事にも犯されない
左脳のバランスを取りながら　行なったり関わったりするがよい

十月二十五日

自分の引いたレールに乗り走りだす
駅に荷物を下ろすように　余分なものを置いてゆく
光に向かうため　大気の比重が変わる
呼吸　血圧などに変調がある人も出てくる

そなた　天の計らいの元

我が意識を受け取り歩みはじめている
わが娘としての動きが　その中で始まり
そなたの中で迷いながらも　我が意識を探し　受け取りはじめている
必ずすべてのものに私（月）の思いが入るが
三次元においては　すべてそなたがそれを行なうもの
そなたの癖　心の在り方などにより
動きは少しのずれを持つ時もあるが

光は強く　そなたを守り導くもの
地上を離れるまで続くもの
人と関わるは　その者を救うためのもの
わが光を　そなたから他の人へ流すこと
その時　原因なるものを取り除く
宇宙の中での仕組みを味わいながら出来事を受け入れていく
様々なエネルギーを感じていくだろう
時と流れに身を投じ感じているがよい
とらわれることなく　ゆっくり　感じ　考えてみるがよい

私が自身の動きに焦りを感じていた時

心と体のサポートをしてくださる　テルミー療法の興梠守先生から
小沢さんが立ち止まれば　月も立ち止まる
動けば動きますよね　と言われて

幼い時　月を見て走った事を思い出しました
私が走れば　月も追い掛けてきました
立ち止まれば　月も止まりました
それでよいのです　と言っていただいたのです

そなたの迷い道　沢山見た
どのような中でも　生きて歩む瞬間を大事にしていく
そなたの中の神殿に光を受けよ　普遍の愛がある
（すべてのものごとに共通している）

砂浜で拾った貝から
行き詰まった時　自分に無いと思っていることから
他のヒーラーのエネルギーの入った物をほしいと迷った時
瞑想にと巻き貝を拾ってきた

貝を手に取った瞬間
「僕　貝だよ　何にもないよ　だけど貝だよ」
と答えてくれました

素直になるということが分かってきた様子
心のままに動いてみよ
他の意識　思惑　そなたの中の心配
すべて無にして動いてみよ
自分の声を十分に聞いてみるがよい
理由などいらないこと
人との出逢いの中で　私のことが分かり
自身の思い出しが始まってきた

そなたの迷い道　沢山見た
どのような中でも　生きて歩む瞬間を大事にしていく
そなたの中の神殿に光を受けよ
普遍の愛がある

十二月二十七日

私の胸の中心に
石の間を流れる五筋の水の流れが見えた
まだ流れは細く　チョロチョロと流れている
はっきりと　私の中で動き流れ始める
新たなエネルギーを感じた

十二月三十日　満月

ゆっくりでよい　人として生きながら

光の世界をはっきりと受け入れていくことが出来れば　それでよい
すべての出来事が絡み　その中でもがく
蜘蛛の巣の中に居るような　そなたの姿も見てきた
どのような時にも　そなた自身が
そこから抜ける方法を知っていくしかない
私はただ見守る　絆とは切れぬもの
安心を掴もうとするそなたの迷い手があった
大いなる宇宙の扉がさらに広がり　すべてを迎え入れていく
もう迷わず進むがよい　光の元へ
向かう道は沢山　そなたの前に用意されている
おのずから受けるエネルギーによって
個々の人々は流れ動いていくであろう
志を少し遠くに置くがよい　近すぎて見えにくくなるものがある

十二月半頃から体調を崩し　腎臓を疲れさせてしまった

この度の事で心と体が休まり
肉体と共存する事の意味が分かったであろう
力強くなるためのもの
そなたがそなたらしく歩む　新たな一歩である
そのためにいらいらが起き　そなたの心が決めてゆくであろう
私の心の拡大と　生きる意味を知らせてもらったと思う
私自身　もろく頼りなげで
不安を生みだすもろもろの感情がまだたくさんあるのを
今回の肉体のトラブルで新たに知った
その中でも倒れそうで倒れない
負けそうで負けない私がいるのも見ました

二〇〇二年——

一月三日

人は一人　個である
その中で繋がる人との絆　家族であり　友であり　人である
支え合いながら生きるもの　だから生きてゆけるもの
宇宙もすべてそうである
繋がりの中すべてが動き　役割をしている
そなたが転生の中　今そうして生きて私との繋がりを知り
生きている意味を知り
そなたが生を終えるまでに
そなた自身がそなたを知ることになる
すべての思い出しが始まり
知ることがたくさんあるであろう

原点の出発から始まって今のそなたがあり
この先　体験を積むであろうが
その紐の先を持っているようなもの
元に繋がりがあると思えば
そなたの不安も消せるであろう
紐の先を　しっかり握っているがよい

一月十三日　新月

確実な歩みが刻まれていく
そなたの歩みがそなたを導いていることに気が付くがよい
そなたの中にあふれる喜びとは　悲しみとは　怒りとは
すべての感情を味わい
その中から清く咲く花のようになってほしい
拭いさること　捨てることの喜びを知ってほしい

そなたを支配する心の動きを見るがよい
その感情の中に浸るより
それを変容して成長するものを感じよ

心の闇と思い悩み続けたことに
私自身の中にある　深い心と愛とを知るために
起きる出来事はすべて意味ある事と知らされ
私自身の成長と　私を育てるものと伝えてもらっていました
それでも私の心の中で起きる葛藤や感情の起伏に
自分が痛められ傷ついた事もあり
嘆き　怒りを覚えることもありましたが
今　やっとその奥に　深い愛と呼べるものがあり
私が受け止めるものがあることに気が付きはじめました

今までの一見いやな出来事と思える事
人との絡みもすべて　私への気付きのための出来事だったと
理解出来るようになりました

短期間で解決できる事　何年も掛かるもの
それは　その人の成長を待っているものなのでしょう
深い所で理解するまで　また愛を感じるまで
その中での自身の変化を自身が喜べるまで
何回となく繰り返されます
そのために心の変化の旅は続くのでしょう

その心を今も導き見守るお月さまの意識と深い愛が
私のもとに時空を越えて届いています

私が本当の自分に向かい合うために
私にできる祈りがあるのでしょうか

私（月）の姿を　内なる胸の中に入れよ
と答えてくれました

エピローグ

ゆったりと月の光を浴び
心の開放をさせてください
月の雫が　あなたの心の中に入ってゆきます

お月さまからの目から心へというメッセージが形になり、『幻月』が誕生し、また この『ムーンライト・メッセージ』を皆様に見ていただくことができて、お月さまも私もとても嬉しく思います。この私と関わり導いて下さった方々に感謝いたします。

最後になりましたが、私を支えてくれている家族、沢山の切っ掛けをくださいました、加藤雄詞氏、山本芳久氏、興梠守氏、そして私の人生の約束の中で出逢った方々、宇宙の仲間すべてに感謝したいと思います。

また、今日の話題社の武田崇元社長、編集部の久米晶文氏、制作に関わってくださった皆々様にも心より感謝とお礼を申し上げます。

小沢　時子

小沢　時子（おざわ　ときこ）

北海道生まれ。横須賀在住。病とのたたかいのなか、ある人との出会いにより、異次元のエネルギーに気づき、難病を奇跡的に克服。同じころ、月との意識交流がはじまる。現在、ヒーラー、チャネラー、ムーンフォトグラファーとして活躍中。またハーブコーディネーターとしても著名。1998年より東京、名古屋を中心に、写真展と講演を開催。著書に写真集『幻月』（今日の話題社）がある。

ムーンライト・メッセージ
　—幻月からの愛のおくりもの—

2002年3月29日　初版発行

著　　者　小沢　時子
装　　幀　谷元　将泰
発 行 者　高橋　秀和
発 行 所　今日の話題社
　　　　　東京都品川区上大崎2-13-35　ニューフジビル2F
　　　　　TEL 03-3442-9205　FAX 03-3444-9439

印　　刷　互恵印刷株式会社+株式会社トミナガ
製　　本　難波製本
用　　紙　神田洋紙店

ISBN4-87565-524-X　C0011